Haba

HABANA UNDERGUATER, LA NOVELA

LA NOVELA

ERICK J. MOTA

Título: Habana Underguater, la novela.
Autor: Erick J. Mota.
Editor: Jorge Mota.
Diseño y maquetación: Atom Press
Ilustración de portada: Armando Tejuca
Editorial: Atom Press
ISBN: 1451521936
EAN-13: 9781451521931
© 2010, Erick J. Mota.

www.atompress.org

Dedicado a mis niñas, Leya, María y Alia,

por demostrarme que el Futuro

sí tiene futuro.

PRÓLOGO

Primero fue el dolor de muelas. Y luego. Y luego también. El dolor de muelas persiste en todo momento y carece de posición de alivio. Los calmantes casi nunca funcionan y siempre la cura es mucho más dolorosa. No existe sentencia ni castigo en el mundo que supere a un dolor de muelas.

Después vinieron los Aseres y me golpearon. Unos tipos de casi dos metros de alto con caras de cinta negra en varias artes marciales. Eran tipos de la calle, con ropas de colores chillones y sin estilo. De los que suelen contratar los maridos celosos para dar una golpiza, o las putas de esquina para sentirse importantes con un guardaespaldas.

Me golpearon con los puños, con el canto de la mano, con los pies y el mango de las pistolas. El dolor de muelas era peor. Cuando creyeron que habían acabado conmigo, me arrastraron afuera. Rodé tres pisos de escalera hasta llegar a la calle. Tres pisos de escalera maloliente y estropeada.

Hago notar que nadie en el solar intervino o acudió en mi ayuda. Un barrio decente, según dijo el que me alquiló el cuarto. Nadie se mete donde no lo llaman. Un lugar sin héroes. Sin demonios. Un lugar típico de Centro Habana. El sitio ideal para esconderse de Ellos. Todo lo que necesitaba era dejar pasar el tiempo hasta que se aburrieran de buscarme. Y pasara el dolor de muelas.

Después de todo, si dieron conmigo fue por culpa de Diana. Había hecho más de quince llamadas a mi número, a pesar de mi pedido expreso para que no lo hiciera. Estaba en problemas con los Santeros, la línea no era segura y ella se ocupó de violar los veinte mil protocolos de seguridad que habíamos acordado.

No es que Diana sea una mala mujer, sólo está algo perturbada. Venir clandestina desde Miami fue traumático para ella. Hubo mal tiempo y la balsa se volcó. Los tiburones dieron cuenta de todos. A ella la salvó una de las patrullas que custodian las plataformas petroleras de los Testigos de Jehová. La rescataron y le permitieron llegar a La Habana sin informar a inmigración. Pasarse más de 24 horas en una plataforma de extracción rodeado de testigos de Jehová puede ser traumático para cualquiera. Incluso si los tiburones no se hubiesen comido a tus compañeros de viaje. Después de todo yo también llegué en balsa a La Habana. Pero mi historia es diferente. Yo he visto cosas más peligrosas que el estrecho de la Florida.

☥

En la calle me estaba esperando Daniel, Sacerdote Iworo y brazo ejecutor del clan de Ochosi en Alamar: blanco, caucásico y grande, aunque no tanto como los Aseres. Uno de los tipos que más dinero había hecho con el hackeo de sistemas en la Red Global.

—Te fuiste sin terminar el trabajo, Pablito. Dejaste vivo al punto.

—Era un niño —y el dolor de muelas que no se iba—, yo no mato niños.

—Tiene 15 años. Estoy seguro de que ha tenido más jevas que tú y ya debe haber matado a alguien por ahí. Además, se atrevió a desafiar a los clanes de la regla de Ocha. Debe morir.

—No es mi estilo —intenté levantarme, pero el dolor era enorme—. Me dijiste que un novato entró en uno de tus servidores y se llevó una mierda sagrada de esas. No me dijiste que era un niño. Yo tengo mi ética, Daniel, igual que ustedes, los santeros tienen la suya allá adentro, en la Red Global. No mato embarazadas. Tampoco a niños. Si quieres un psicópata contrata los servicios de la fundación Charles

11

Manson.

—Pablo, Pablo, nunca vas a aprender. El clan llegó a sentir respeto por ti, por tu profesionalismo. Pensamos que tú eras el indicado para el trabajo. La ofrenda virtual que le robaron al altar de Ochosi no es cosa de juego. El Oricha aún lo está reclamando pero el muchacho sigue sin conectarse. Hasta ahora eso le ha salvado la vida. En cambio la tuya no vale nada.

Me incorporé y puse las manos en la espalda, para estirarme. Mi pistola no estaba allí. La busqué con disimulo haciendo un medio giro lentamente, como al azar. Entonces la encontré: en la cintura del Asere que estaba detrás de mí.

Tengo buenos recuerdos de esa pistola, una copia china de beretta 9mm. Se la quité a un infante de la marina mexicana. Estábamos en Old Texas cuando México-california atacó. Las defensas tejanas nunca fueron más allá de una milicia armada con viejos M-16 del extinto Army Force. Y claro, la brigada de pacificación rusa. Pero teníamos órdenes de no intervenir a menos que nos atacaran. Para cuando pudimos entrar en acción ya no estábamos en condiciones de ayudar a nadie. Las últimas órdenes del alto mando fueron resistir hasta la muerte. Al día siguiente deserté y me fui a Miami.

—¿Qué hiciste con el dinero?

—Lo gasté —el dolor de muelas persistía—. Tengo muchas deudas y el revendedor de municiones no me hace rebajas.

—Ay, Pablo. ¿Qué voy a hacer contigo? Cuando empezaba a confiar en ti, te comportas como un pata e' puerco. Ahora debo ordenar a estos tipos, que no te llegan ni a los tobillos, que te maten.

Daniel hizo un gesto con la mano y los Aseres asintieron.

Por una razón que desconozco recordé los campos de entrenamiento spetznaz, en Siberia.

El dolor de muelas, milagrosamente, se detuvo.

Tres de los tipos estaban en mi campo visual, uno a cada lado y otro al lado de Daniel, el cuarto Asere estaba tras de mí. Escuché el rastrillar cuando sacó su pistola, o mejor dicho, la mía. Me volteé a toda velocidad mientras apartaba la cabeza de la línea de tiro y le torcí la muñeca en el segundo movimiento. Soltó el arma pero no la dejé que tocara el suelo. Acto seguido disparé contra el que estaba a la izquierda de Daniel. Los otros dos, también hicieron fuego.

Sin dejar de torcer el brazo del Asere, lo coloqué delante de mí a modo de escudo. Las balas se detuvieron en su cuerpo. Siempre usan chalecos rusos, pesados y gruesos. Le pegué un tiro a cada uno y otro extra para Daniel. Siempre que se choca con un santero hay que dejarlo bien muerto o el Oricha que lo protege te matará desde la Red. O hackeará la mente de alguien que lo haga, lo cual es peor.

Para concluir, e imprimirle algo de estilo a la función, terminé de torcerle el brazo al Asere que me quedaba hasta que se arrodilló delante de mí. Le puse el cañón en la espalda, bien pegado al chaleco antibalas, y el proyectil le atravesó el pulmón. La presión de los gases contra la armadura rígida hizo que el arma culateara más de lo normal.

Me acerqué a Daniel y vi que aún respiraba. Le apunté justo entre los ojos y me dispuse a apretar de nuevo el gatillo. Hasta me daba gusto.

Todos ellos son iguales. Entran en la hermandad para vestirse de blanco, tener prendas de oro, relojes rusos y pasearse por Centro Habana en ladas blindados a altas horas de la noche. Todos se creen tipos duros cuando en realidad eran niñitos estudiosos de una escuelita en el barrio de Los Sitios. Terminaron de hackers, pobres y sin jeva. Entregan cada día más neuronas a los Orichas, no por fe, sino para ser importantes. Tienen una protección divina desde la red y caminan seguros por los barrios sin ley.

Ahora los tipos grandes y fuertes que les quitaban la merienda en la primaria trabajan para ellos, son sus guardaespaldas.

No hay fe en estos tipos.

Sólo son unos descarados.

Y aquí, fuera de la red, lejos del Oricha, son unos cobardes.

⊕

—No me mates, Pablo, por tu madre, no hay ninguna necesidad... te vas meter en candela por gusto... mira, ¿sabes quién tiene la culpa? Diana, tu mujer... ella te chivateó. Le ofrecimos que se quedara con la casa cuando murieras y lo dijo todo. El resto del Clan sabe que vine por ti, si me matas toda la regla de Ocha va a estar detrás de tu cabeza.

En eso volvió el dolor y le disparé.

No valía la pena contestarle.

⊗

Después de todo lo que hice por ella. El muchacho era

sobrino suyo. Quería dinero para montar una red neural y ponerse a quemar con un juego de esos de inmersión total. Diana habló algo de un premio que se daba al que ganara. El chama hizo lo único que sabía hacer, hackear. Y lo hizo con la gente equivocada. Porque es verdad que los santeros tienen mucho dinero. Pero también es cierto que la mayoría de las cosas que poseen, o no son de ellos, o son sagradas. Después de todo no debe ser fácil ganarse la vida dejando que un dios africano, residente en una red cibernética, posea tu mente para atravesar cortafuegos inteligentes.

El sobrino de Diana terminó robando algo que no podía vender a nadie sin que le metieran un tiro en la cabeza. Y tampoco podía conectarse y devolverla. Los Orichas no entienden de esas cosas. Te robas algo sacro y te castigan con un electroshock por el puerto de conexión en la nuca.

Para cuando le pusieron precio a su cabeza estaba tan desesperado que acudió a su tía Diana. Ella me convenció de protegerlo pero se puso fatal y la Regla de Ocha terminó por contratarme a mí para matarlo. Entonces le dije que se escondiera por un tiempo y me inventé lo de la ética del asesino profesional. Después de todo, ninguno de esos Aseres ha saltado de helicópteros en medio de una ventisca o se ha tirado en rapel para atravesar una ventana y caer en una habitación llena de chechenios. Y la gente se cree que los que fuimos entrenados por los rusos tenemos normas éticas para matar. ¡Ni que fuésemos samuráis!

16

Lo único que me faltaba para terminar el día era ir por la perra chivatona de Diana. Porque fue ella la que me metió en este problema para que venga a echarme palante de esa manera. No es ético, vaya.

Pero no me apuro... para el asesinato siempre hay tiempo y necesito cuanto antes a un dentista.

No existe sentencia ni castigo en el mundo que supere a un dolor de muelas.

I/ CIUDAD REGGAE

Las olas del mar batían contra los edificios a medio hundir. Infinidad de algas, erizos y cangrejos ocupaban los pisos inferiores en espera de la marea alta. Los apartamentos construidos según la vieja arquitectura soviética habían perdido puertas, y ventanas a manos del salitre. La pintura que cubría los doce-plantas en la costa se había desgastado lo suficiente para mostrar el gris color del repello de las fachadas.

Un ejército de niños en short y sin camisa se lanzaba desde los balcones superiores y bajaban por las ventanas sin cristales hasta el mar. Pero la mayoría se mantenía lejos del agua, en los pisos abandonados, uno o dos niveles por encima de la línea de marea. Las parejas buscaban los balcones con vista al horizonte, al tiempo que las pandillas de principiantes merodeaban por los pasillos deshabitados, destruyendo muebles y equipos electrodomésticos olvidados. Por encima del quinto piso, las familias ya establecidas, tendían innumerables prendas de vestir que, colgando de los balcones, se agitaban al compás de la brisa matutina y del reggae.

La música que competía con el batir de las olas sobre las plantas bajas brotaba de grandes bocinas en los balcones de los últimos pisos. Equipos de formato digital construidos en la India o en la plataforma malayocoreano-japonesa eran amplificados por radio caseteras rusas que alimentaban los grandes bafles.

Pequeñas balsas de caucho y polímero flotaban en el azul de las aguas profundas. Los pescadores flotaban a la deriva más allá del límite de seguridad. Casi en el horizonte, las plataformas extractoras enarbolaban logos de Corporación Unión Católica y Testigos de Jehová. Algunos helicópteros de la FULHA surcaban el cielo, como grandes pájaros negros, en dirección al cosmopuerto de La Habana Vieja.

El Sol llevaba poco tiempo sobre el horizonte y Viejo Alamar ya había despertado.

g

Desde el ventanal del piso 47 de la Fundación Abakuá, a orillas de la Zona 8, Pedro contemplaba la parte hundida de Ciudad Reggae. A su espalda, una mesa de caoba con asientos para diez personas ocupaba la mayor parte de la habitación. Tres armas robot barrían la sala desde el techo, escudriñando el lugar con cámaras y sensores.

Mala cosa pensó Pedro cuando la recepcionista le dijo que esperara allí hasta que Miguel terminara una reunión con el Consejo.

Los viejos se reúnen pocas veces, prefieren delegar las responsabilidades y el papeleo a los funcionarios de más alto rango; gente como Miguel, con la esperanza de que un día cometieran un error. Muchos guardias y pocos jefes —Pedro se llevó un cigarro a la boca—. Así de simple.

Miguel entró por una de las puertas laterales. Las cámaras de las armas-robots se volvieron hacia él. Luego de un segundo de reconocimiento continuaron girando en torno a sus ejes de rotación.

—Hay algo raro en tus pasos, Migue —dijo Pedro y encendió el cigarro—. No sé exactamente de qué pero es algo extraño. Tus pasos son más lentos... ¡Qué sé yo! Algo te preocupa.

—Nosotros, los pobres infelices que no tenemos un limpiador de ruido subcutáneo, carecemos del don de intuir el estado de ánimo de los demás —Miguel colocó sobre la mesa los papeles que traía y se sentó.

—Déjate de boberías, ekobio, que nos conocemos desde chiquitos —Pedro se acercó a la mesa— de no ser por esta mierda en el oído ya estaría sordo.

—De chiquito no se vale, Pedro —Miguel abrió el file e hizo un gesto a Pedro para que se sentara—. Alguien por allá arriba, por el cielo, me ha dado hoy muchos problemas para que se los resuelva. Alguien que, supongo, no me quiere. Porque me los ha dado Todos. Pero al final ha de cumplirse la voluntad de Abasi.

—Ahí es donde entro yo para ayudarte.

—Esa es la cosa, el consejo de los okampos tiene una misión para ti.

—Dispara.

—Un independiente que estábamos por reclutar —Miguel le lanzó un file—. Se metió en líos con los clanes de santeros; al parecer mató a un Olocha en un tiroteo en Centro-Habana. Se robaron una ofrenda en un altar virtual y un clan de santeros lo contrató para matar al tipo.

—¿Y qué pasó?

—Al parecer se negó y mató a todo el mundo.

—¡Ah, porque además de selectivo es malísimo!

—No cometas el mismo error de los santeros. Ese tipo no es ningún comemierda, lo parieron las tropas especiales rusas.

—¿Antes del Ciclón?

—¡Claro, 'mijo! ¿De qué otra forma? —Miguel se recostó a la silla y estiró los pies—. Un soldado profesional graduado con honores en Siberia. Formó parte de un comando spetznaz en Burundi hasta que los rusos completaron el programa de Migración Espacial Masiva. Rusia retiró sus tropas de África mientras se llevaban el país a la órbita, él fue reinsertado en la brigada pacificadora de Oklahoma. Cuando la guerra civil en California desertó antes que los marines mexicanos entraran en Los Ángeles. Llegó hasta Miami, donde se ocultó hasta que Little Old Washington fue barrido por la bomba atómica orbital que tiraron los rusos en el 19.

—¿Qué hizo entonces?

—Lo que hacen todos. Se montó en una balsa y volvió a la patria.

—Un logro de la vieja escuela soviética —Pedro sacó otro cigarro y comenzó a encenderlo—, de los que ya no se producen a gravedad normal, un desperdicio.

—Los hackers de Ochosi quieren su cabeza en bandeja. El propio Orihaté llamó para especificar que lo quería muerto —Miguel entrelazó los dedos y miró fijamente a Pedro—. No podemos arriesgarnos a una guerra con Centro-Habana. Menos ahora que FULHA está a punto de intervenir en Underguater.

—¿Y por qué yo? —Pedro no levantó sus ojos del expediente—. Este tipo es un A1. Eso es para la élite, los de primer nivel. ¿Por qué no lo matas tú mismo que eres del Efiméremo Munán Chui?

—Si tú me ayudas con el papeleo, encantado. Pero los viejos no quieren que intervenga ninguno de los Siete Ekobios. Quieren que vayas tú personalmente. A mí me dejaron suficiente burocracia. Para que no gane más puntos, tú sabes cómo es esto aquí.

—Bueno, está bien ¿pero por qué yo? —Pedro apagó el cabo del cigarro en una esquina de la mesa sin dejar de leer el expediente.

—Dijeron que el asunto era muy delicado y necesitaban alguien de confianza. Un monina con experiencia, eso dijeron. Si aciertas vas a ser el primero que llegue a Obón con 25 años.

—No me imagino de jefe —Pedro colocó el file sobre la mesa y sacó otro cigarro de su caja—. Demasiada seriedad.

—¿Podrás con este tipo, verdad mi hermano?

—No hay fotos en el informe —Pedro encendió el otro cigarro—. Deberías tener una computadora aquí. ¿Cómo se llama el punto?

—Pablo Pérez Ortiz —Miguel lanzó un disco a lo largo

de la mesa hasta las manos de Pedro—. Todo lo que quieras saber sobre él está aquí. Si quieres puedes usar la máquina de mi secretaria.

—Un ex tropa, que trabaja de independiente y vive en Micro 10... que además se llama Pablo —Pedro lanzó una bocanada de humo mientras guardaba el disco en un bolsillo— ¡Espérate, espérate! Yo creo que conozco a ese tipo.

—Aun no me has dicho si aceptas la misión.

—¿Una orden directa del Efimére Obón Ntui? —Pedro apartó los ojos del papel— No sabía que podía negarme a una orden de ellos.

—Legalmente sí.

—¿Y en la práctica?

—Pedro, nos conocemos desde hace mucho. Puedo interceder ante los Viejos y con un poco de suerte no se sentirán ofendidos.

—Puedo con este tipo, Migue. No te preocupes.

—Tendrás un módulo completo a tu disposición. Pasa por el almacén cuando salgas. Por cierto, ¿hace cuanto que no ves a Elsa?

—Historia antigua, mi hermano —Pedro aspiró el cigarro y contuvo la respiración un rato, luego lanzó una gran bocanada de humo—. Es una jeva demasiado complicada.

—Y además, casada con el Abasongo. ¡La verdad que tú estás medio loco, chama!

—Nadie tiene por qué enterarse.

—Como me enteré yo puede enterarse cualquiera. Y si el que se entera es el Iyamba, estás frito.

—Yo sé que tú eres el filtro entre los mokombos y los siete ekobios. Nada sube sin pasar por ti. No permitirás que tu hermanito se escache —Pedro apagó el segundo cabo—. De todas formas, gracias por preocuparte. No pienso verla más: es una candela, ya te lo dije. ¿De cuánto tiempo dispongo?

—Tú decides cuánto. Pero mientras más rápido, mejor.

—Nos vemos, mi hermano —Pedro se levantó del asiento.

—Cuídate —Miguel siguió con la vista a Pedro hasta que salió del salón—... mi hermano.

II/ RED NEURAL LOCAL DE USO PRIVADO

Ya tenía dolor de cabeza por el sol del desierto. A pesar del kefir, Rama sentía los efectos de una insolación. La garganta le dolía y le quedaba poca agua en la cantimplora. Miró por el prismático y vio al robot-centinela. Buscó en el resto de la planta y encontró dos soldados ocultos a tres metros del robot.

—¿Ravana, estás ahí? —dijo por el equipo de radio ajustado a su oído—. Sé que monitoreas mi frecuencia, te propongo una tregua.

—¿Qué tipo de tregua? —dijo la voz desde el otro lado.

—No podemos pelearnos mientras ese tanque robot siga ahí.

—Si tu equipo no tiene lanzacohetes es problema de ustedes, tú no eres familia mía —dijo Ravana—. Podemos erradicar ese tanque sin concertar una tregua.

—Pero no podrás con los americanos que están emboscados atrás —Rama no pudo evitar reír—. Necesitas un francotirador que cubra tus espaldas, eso por no contar a los marines invisibles que debe haber.

—De acuerdo —dijo Ravana a regañadientes—, nosotros despachamos el tanque y ustedes se encargan de los yankees.

—Trato —Rama cambió de frecuencia—. Shiva, Krishna, entramos en combate. El grupo de Ravana eliminará el robot. Nosotros debemos cazar a los americanos que lo controlan. Tengo a tres en la mira pero puede haber más clokeados. ¿OK?

—Ya tengo las coordenadas —dijo Krishna—, están en la mira.

Rama observó el contador digital del AK. Le quedaban 18 balas y era su último cargador. *Debí quedarme con el dragunov*, pensó mientras acomodaba la mira telescópica al ojo y escogía el blanco. Antes de encender el láser pasivo y apuntar, un silbido en el aire le indicó que ya Ravana había usado el lanzacohetes. El pequeño misil, disparado por un RPG-5 ruso, destrozó el bajo blindaje del vehículo robot con forma de araña. Rama escogió el blanco y disparó. El tiro falló y el americano se puso a cubierto. Shiva y Krishna ya habían disparado y los otros soldados estaban muertos. Rama cambió el selector de tiro y lanzó tres ráfagas cortas hacia su objetivo. Dos balas le perforaron el chaleco antibalas y una le entró por el casco de kevlar. El soldado americano cayó al suelo. "Demasiada confianza en esos chalecos, que son una mierda"; pensaba Rama cuando vio aparecer una docena de marines que momentos antes permanecían invisibles. Comenzó a disparar.

—¡¡Rama, MARICÓN, dijiste que me los quitarías de encima —Escuchó la voz de Ravana entre los disparos—. Nos ubicaron y nos están cosiendo...!!

—¡Vritra cayó! —escuchó una voz que le pareció la de Kamsa— ¡Vámonos de aquí!

—¡Estoy sin balas, Shiva, pásame un cargador!

—¡No puedo, están disparando hacia acá!

—Con M-16 nadie acierta a esta distancia —dijo Rama al ver que su cargador también se agotaba—. Para mí que este cabrón hace trampas...

Una bala calibre 5.56 mm atravesó la distancia, acertándole en el ojo. Perdió la visión periférica y sintió como su cuerpo se rompía. Cerró la mano que empuñaba el fusil y no encontró nada. Los sentidos se desconectaron uno a uno hasta que percibió la temperatura agradable del aire acondicionado. No escuchó nada hasta que recuperó la visión. Se quitó los cables de la nuca y bostezó. Allí estaba Elvira, riéndose frente al servidor. A su lado Shiva, Vritra, Kamsa y Ravana se levantaban de los sillones. Krishna continuaba en trance de conexión.

—¡Clase de jodida que me diste, Rama! —dijo Ravana, un muchacho delgado y de pelo negro considerablemente alto para su edad.

—¡Aire acondicionado, maravilla de la tecnología! —gritó Shiva al incorporarse en el sillón, tomó la maraña de pelo rubio con una mano y comenzó a agitarla a modo de abanico sobre su nuca.

—Para mí que esa mierda hace trampas —dijo Vritra mientras buscaba sus espejuelos en una mesita contigua al sillón, su pelo era de un negro intenso y llevaba un pelado militar.

—"USA en el Desierto" es un juego de conexión japonés —dijo Kamsa, un chico de cabello castaño y granos en la cara—, pero la IA es programada en la India. Los indios nunca hacen trampas.

—¿Una igual a las que compraron los rusos para cuidar los servidores de la KGB? —El muchacho de pelo oscuro con pelado de calabacita y rostro angelical que respondía al alias de Rama fue hasta el bebedero y se sirvió un vaso con agua.

—Parecida, ésta sólo es un motor de juego, no una

Barrera de Fuego Inteligente —dijo Kamsa mientras alcanzaba un fragmento de espejo y escudriñaba su acné juvenil—. Tráeme un vaso a mí también.

—¿Cuánto tiempo duramos? —preguntó Rama mordiéndose una uña.

—Una hora aquí, cuatro semanas según el tiempo del juego —dijo Elvira desde su silla frente a los controladores de la Red—. Un nuevo récord.

—¡Vamos a partirle las patas a los coreanos en la próxima batalla! —gritó Rama.

—¡¡Sí!!

—Por favor, que alguien saque a Krishna de conexión o va a acabar con todo el ejército norteamericano.

—Está huyendo —dijo Elvira sin dejar de mirar las pantallas del servidor—, de todas formas no tiene balas, así que lo voy a sacar.

Rama miró los sillones con las minicomputadoras en el suelo. Las cablería que salía de ellos se conectaba a los ruteadores. De estos salían cables de fibra óptica, que terminaban en el techo, hasta el mainframe que controlaba la pequeña Red Neural. La instalación ocupaba todo el cuarto, de extremo a extremo.

—¿Crees que los coreanos tengan una Red Neural Local para practicar como nosotros? —dijo Rama cuando se acercó al servidor.

—Es posible, ellos tienen mucho dinero —dijo Elvira guiñándole un ojo—. Pero ustedes tienen más espíritu que esa partida de nerds hijitos de papá.

—Gracias —en el rostro adolescente de Rama apareció una sonrisa.

—¿Por fin qué, le vendiste esa cosa a los católicos? —Shiva caminó hasta el bebedero.

—Todavía. No debo conectarme hasta que pase un tiempo prudencial y los santeros se calmen.

—¿Cuánto llevas ya sin conexión?

—Una semana.

—¡Una semana! —dijo Kamsa—. Tú si que estás loco, Rama. Por nada del mundo yo me meto una semana sin conectarme. Ni tres días.

—Hay que cuidarse. Los Santeros no son jamón allá dentro.

—Dicen que los Orishas se apoderan de sus avatares y pueden freírte el cerebro de sólo tocarte, como si fueran una IA.

—Leyendas, Kamsa —dijo Ravana quitándose la camiseta empapada de sudor—. Sólo leyendas.

—¡Leyendas ni pinga, Ravana! —dijo Krishna desde el

sillón—. A un tío mío le dieron un electroshock sostenido de una pila de voltios. El negro estaba ahí, dentro de la red, y le dio un piñazo que no le quitó ni este punto de vida a la proyección virtual de mi tío. Pero del lado de acá de la red lo dejaron con daño cerebral permanente. Ahora hay que darle hasta la comida. Con esos tipos no se juega.

—Yo en tu lugar voy hasta Miramar y negocio con los obispos personalmente —dijo Shiva.

—Es posible —dijo Rama—, pero hacer un negocio fuera de la red me da mala vibra. Los católicos tienen un ejército propio y si les da la gana me meten preso y me sacan la información del cerebro.

—¡Tampoco hay que exagerar, Rama! —dijo Krishna—. La gente de Corporación Unión Católica no son tan hijoeputas.

—¿Qué, también tienes un tío en la CUC? —Ravana se rió.

—¡Oye, oye, qué bolá! No te hagas el gracioso…

—Rompan limpio ahí ustedes dos —dijo Rama—. Necesitamos estar unidos para ganarle el torneo en línea de USA en el desierto a esos coreanos. Vamos a bañarnos y echamos otra partida.

—Vamos a ver si ahora te fijas en los marines invisibles —respondió Ravana caminando hacia el baño—, o nos van a joder otra vez por tu culpa.

—Por eso esta vez tu grupo será el líder, Ravana. Te toca a ti fijarte en la infantería de marina yuma.

—¿Qué campo de batalla usaremos? —preguntó Elvira.

—Este mismo, Al Qadisyah bajo asedio.

—Deberíamos probar otro de mayor complejidad —dijo Vritra limpiando los espejuelos con un paño—. Este es demasiado suavecito. No sé… ¿Qué tal Nayaf ocupada?

—Demasiado complejo, chama. Nayaf ocupada es un campo de batalla clase 2. Todavía no estamos listos para eso.

—Si tú lo dices…

—¿Cuál es tu problema, Vritra? —dijo Krishna levantándose por fin del sillón.

—¡Dale suave chama, sácame el dedo de arriba que yo sí no me voy a fajar aquí con nadie! Estás muy alterado hoy. ¡Y eso que es Rama el que está sin conexión!

—Todo el mundo está estresado por esto del torneo —Shiva se sentó al lado de Rama—. ¿Cuándo vas a ir a la CUC? El dinero viene bien para pagar un enlace a RG y conectar a la gente un rato. Llevamos dos días en una Red Local. Aunque no lo parezca, conectarse a RG es adictivo.

—Un primo mío estuvo ingresado sin conexión en Mazorra —dijo Krishna—. Sus padres pinchan para la FULHA y lo mandaron a desintoxicarse de la Red. Dice que allí había hasta tipos Redfóbicos que se ponían a gritar cuando los conectaban…

—¡Qué me coja yo en un hospital de esos! —dijo Kamsa.

—Para que una BFI te deje to fundío sólo hay que conectarse —dijo Vritra.

—Es verdad.

—Mañana —dijo Rama mirando a ninguna parte.

—¿Qué? —dijo Shiva.

—Mañana voy a pasar por el arzobispado de la CUC. En cuanto terminemos la campaña de Al Qadisyah bajo asedio sin una baja.

III/ VIEJO ALAMAR

Ella ladeó el cuerpo y sonrió mientras se tendía boca abajo. Pedro acarició sus caderas y la atrajo hacia sí. La puso en cuatro y se la metió. Primero lentamente, luego rápido y duro. Ella comenzó a gritar mucho, aún cuando era imposible la cercanía de un orgasmo. Muy buena en lo suyo —observó Pedro—, pero fingía mal.

Pese a los gritos, Pedro se concentró en su trabajo. El limpiador de ruido incrustado en su oreja eliminó los gritos de Diana Magdalena, los insultos que se lanzaban en el apartamento de arriba y los pregones del vendedor de plátanos. No había señales de Pablo.

Debe estar al llegar, pensó Pedro y continuó haciendo

gritar a Diana mientras, con el rabillo del ojo, miraba su pistola.

Los pasos de la gente, los chismes de balcón a balcón y el sonido de las piezas del dominó al chocar unas con otras, continuaron escuchándose hasta el mediodía. Los rayos del sol cayeron sobre las matas en el patio del solar. La vieja pared con la pintura cuarteada se iluminó mientras las vigas de acero oxidado, que sostenían los balcones del piso de arriba, se dilataron y contrajeron haciendo ruidos extraños. Pedro consultó el reloj, guardó la pistola en su funda y se la ajustó a la faja. Era un águila del desierto calibre 50, y pesaba.

Siguió manteniendo su propio ritmo hasta que se vino dentro de ella. Luego la empujó lejos de sí y se quitó el preservativo.

—¿Así que tenía dolor de muelas? —dijo.

—¿Quién, Pablo? Sí —ella se sentó en el borde de la cama buscando su blumer—. La última vez que hablé con él estaba que se moría.

—Y no te ha llamado más.

—No. Supongo que debe estar muerto.

—Mató a cuatro Aseres y un Santero. Dudo que haya Asere en la calle con entrenamiento suficiente para matarlo de frente.

—Está muerto. Si viviera ya habría venido por mí. Yo le eché los santeros pa arriba, él sabe que fui yo. Si no me ha matado todavía es que le pasó algo.

—O que no ha encontrado un buen dentista.

⸸

Cuando se rebasa el barrio de la Candonga desaparecen los comercios, las tarimas y los pregones. Desaparece también el olor a comida fermentada, así como el del salitre, pero el aroma de la tierra húmeda persiste. En Viejo Alamar las cuadras son más cortas y la cantidad de gente disminuye. Comienzan a verse las mesas de dominó en las puertas de los cuadrados edificios de los 80, los tendales en cada balcón alternándose con las parabólicas de conexión neural inalámbrica.

Entre la bulla de la gente Pedro escuchó unos pasos. Muy ligeros, casi no se notaban. Pero tenían un patrón característico. Se detenían cuando él se detenía para luego echar a andar cuando el volvía a caminar. Y nunca se perdían entre la ciudad.

Miró hacia atrás. Sólo gente. Gente común que va de un lado a otro en Viejo Alamar. No pueden estarme siguiendo, pensó, estoy demasiado paranoico con este asunto de Elsa. Nadie aquí está tan loco como para seguir a un abakuá.

A medida que Pedro se alejaba del pueblohundido encontró más árboles que daban sombra, calles de asfalto cuarteado por los años, canteros inundados por mala hierba y treinta-plantas rusos. El barullo de Ciudad Reggae fue desapareciendo hasta transformarse en un casi silencio interrumpido por el piar de los gorriones posados en los cables del tendido eléctrico, el llanto de algún bebé en lo alto de un edificio o el zumbido de los helicópteros de FULHA que patrullaban la costa en busca de balseros de Miami. En Viejo Alamar reinaba la paz de los tiempos rusos, bajo la mirada protectora de la Fundación Abakuá.

Cero peleas, cero bulla, cero agresiones, cero disparos. Esas eran las leyes que mantenían la tranquilidad en Viejo Alamar. Conocidas como "las leyes de cero tolerancia de los ñáñigos" mantenían aquel lugar lejos de la mirada de FULHA. Para buscarse problemas estaban Micro 10 y Ciudad Reggae. Viejo Alamar era un lugar de descanso. Sin la opulencia de los 80-plantas de Alturas de la Lisa o la policía privada de los guethos de Marianao. Pero con las mismas garantías de seguridad ciudadana que cualquier zona gubernamental.

Volvió a escuchar pasos a su espalda. Se volvió sin dejar de caminar. Los pasos se prolongaron unos segundos para luego detenerse. No había nadie en la calle ni las aceras. Sólo un par de moskovish y un volga parqueados del otro lado de la acera. Insuficiente para ocultar a un hombre.

Extraño, pensó, *muy extraño.*

卅

Llegó a un viejo quince-plantas que conservaba la vieja e impersonal nomenclatura rusa: B-52. *Una verdadera joya de la arquitectura* pensó, *conserva hasta la misma pintura.* El taller de Santiago quedaba en el último piso del edificio. El elevador, por supuesto, estaba roto. *Maldita ruina en la que se fue a vivir Santiago* dijo para sí mientras subía los escalones. *Odio las escaleras.*

Generalmente, en una ciudad donde hay pocos dentistas, la gente no puede darse el lujo de ser tan exquisita. Pero Santiago era el mejor en todos los gremios: lo mismo empastaba una muela que arreglaba una pieza de tractor. Pedro imaginaba que Santiago era la única elección de Pablo para aliviar su dolor de muelas.

Y no se equivocó. Los quince pisos de escalera habían valido la pena.

Cuando forzó la cerradura y abrió la puerta en silencio encontró a Pablo sentado en la silla, justo cuando la maquinilla le taladraba una muela. Tuvo ganas de encender un cigarro pero decidió que el trabajo debía completarse.

Trató de controlar su respiración agitada tomando aire. Luego entró al apartamento de Santiago, pistola en mano. Le colocó el cañón del Águila del desierto en el cuello al paciente. Pablo estaba demasiado concentrado en el dolor de la maquinilla como para prestarle atención.

—¿Terminó, doctor? —preguntó Pedro sin dejar de mirar a su objetivo.

—Falta empastar.

—No será necesario, a donde él va no necesita las muelas en buen estado.

Pedro estaba a punto de disparar cuando escuchó una respiración a su espalda. Se volvió pero no había nadie. Reajustó los armónicos del limpiador de ruido y la presencia seguía allí. Giró sobre sí mismo con la pistola en alto, observó la habitación lentamente tratando de ubicar el lugar de donde provenía el ruido. Algo se movió a un costado de la puerta como si la imagen se desenfocara. Pronto la distorsión tomó una silueta humana que primero era transparente, luego traslúcida y finalmente gelatinosa. Pedro reconoció al instante el efecto replicador de un traje mimético y disparó.

La figura se movió eludiendo el proyectil. De un salto, el hombre de gelatina acortó la distancia que lo separaba de Pedro. Una torsión en la muñeca hizo caer el Águila del desierto mientras el abakuá era empujado contra la pared.

El hombre misterioso emitió un sonido electrizante y la textura de gelatina fue volviéndose más opaca. El intruso tenía el rostro oculto por un visor universal y la tela replicativa de su traje estaba ajustada al cuerpo como un traje de buzo.

Pablo había visto la silueta desde su posición. El dolor de muelas había cesado así que empuñó su propia arma, oculta bajo el asiento. La pregunta era a cuál de los dos debía disparar primero.

Pedro dio un paso hacia el intruso. Trató de moverse tan lento como su respiración.

—¿Quién eres tú? —dijo sin dejar de apuntarle—. No me gustan los tiroteos en lugares cerrados así que habla rápido ¿Qué coño estás haciendo aquí?

—Ni en África ni en Cuba, cuando vivían los antiguos, escapaban los ñáñigos a sus faltas. Y eran duros los castigos que imponían las Potencias —dijo el intruso mientras una pistola Sig Sauer se hacía visible en su mano—. El Nasakó adivinaba con sus mates. Los mates lo descubrían todo. Decían la verdad. No era necesario que nadie delatase.

De un manotazo el soldado abakuá apartó el arma de su rostro. Hubo un disparo y los hombres comenzaron a forcejear. El intruso golpeó varias veces a Pedro con el mango de la pistola y terminó proyectándolo.

Los 75 kilogramos de Pedro cayeron como un saco de

papas. Ya comenzaba a perder la conciencia cuando vio al intruso alzar la Sig Sauer y apuntar a su cabeza. Luego todo se disolvió en una niebla muy espesa y no pudo ver nada más.

Sonó un disparo. Vino el silencio.

No tengo nada en contra tuya, Pablo. Lo que pasó con tu mujer es que estaba muy buena. Yo no puedo resistirme ante un culo de ese tamaño, perdóname.

Cuando volvió en sí había un hombre sobre él y le apuntaba con una pistola. Pero esta vez se trataba de una Beretta 9mm, copia China.

—Está bien, te perdono —dijo Pablo y guardó el arma en su cintura—. Después de todo, Diana no vale un kilo.

—No estoy muerto.

—Pensaste que te ibas en ésta ¿No? Jamás vi a alguien moverse tan rápido —Pablo señaló al intruso en el suelo con un charco de sangre alrededor de la cabeza—. Te salvé la vida. Conque no me mates estamos a mano.

—De acuerdo —Pedro se levantó, aún mareado por el golpe.

—¿Lo conoces? —Pablo le quitó el visor al cadáver.

—No, pero combatía como un profesional —Pedro pasó la mano por el traje—. ¿Por qué apagó el camuflaje? Podía haberme matado si continuaba invisible.

—El aire acondicionado. Los cambios bruscos de temperatura disparan los sensores —Pablo recogió del suelo la pistola del muerto—. Traje mimético de última generación y pistola alemana. Podía haberte atravesado aunque tuvieras un tanque de guerra bajo la camisa.

—¿Cómo sabes que es de última generación?

—En Burundi los usé, la versión estándar rusa se pone como un chaleco normal. Esto es más moderno, está pegado al cuerpo y tiene una capa gel que cubre la cara alrededor del visor, permitiéndole respirar. Debe ser una patente malayocoreano-japonesa, o tal vez brasileña, no sé decirte.

—Tienes enemigos muy sofisticados.

—Yo sólo tengo problemas con los santeros. Esto es más profesional.

☖

Santiago, en sus años mozos, había trabajado para la Fuerza Unida de La Habana Autónoma, conocida por todos como FULHA, pero un día decidió que el gobierno no le pagaba lo suficiente y se hizo cuentapropista. Nunca encontró una licencia para ejercer la criminalística de forma independiente. Así las cosas, tuvo que inventar para sobrevivir y se dedicó a cuanto negocio lucrativo pudiera lograr gracias a sus conocimientos. Santiago adaptaba conectores japoneses a los puertos de los circuitos rusos, empastaba muelas, recuperaba información perdida en discos duros carbonizados, además de arreglar los inyec-tores de los jet-pack malayocoreanos que los muchachos usaban para sobrevolar Viejo Alamar tirando preservativos con agua a los transeúntes. Sólo en situaciones muy especiales, aceptaba contratas como médico forense.

—Les hago una identificación completa del cadáver pero todos los implantes que encuentre en su cuerpo son míos —había dicho Santiago—. Al igual que el arma y el equipo que trajo.

—Está bien, gordo —dijo Pedro—. Pero te toca a ti deshacerte del cadáver.

—¿Por qué querría deshacerme de él? —El gordo cargó el cuerpo y lo colocó sobre una camilla—. Tengo una cola de gente esperando órganos para transplantes, y pagarán por ellos a menos que el tipo tenga un VIH mutado.

El cuerpo del ejecutor fue llevado a una sala esterilizada al fondo del apartamento de Santiago. Pedro y Pablo se quedaron a contemplar el trabajo del criminalista.

—Yace ante nosotros el cuerpo sin vida de un profesional —dijo Santiago mientras revisaba las yemas de los dedos.

—Hay montones de profesionales sueltos en la calle, Santiago —Pedro sacó de un bolsillo la caja de cigarros—. Dinos algo que no sepamos.

—Que éste carece de huellas dactilares —Santiago tomó una lupa y examinó los dedos de los pies—. Usó un quemador epidérmico artesanal, así que no hay forma de identificarlo por las huellas. Los dientes son todos implantados, espigas sin número de serie. Intentaré un chequeo del iris pero ese tipo de registros sólo lo guarda el gobierno autónomo. Si pertenece a una corporación, o es abakuá, no puedo hacer nada.

—Un Limpiador —dijo Pedro prendiendo un cigarro—. Un asesino de asesinos.

—Al hombre que llaman si las cosas marchan mal, sí señor —Santiago se recostó a un sillón adaptado para soportar sus 200 libras—. Y no puedes fumar aquí, Pedro.

—¿Estás cuidando tu salud ahora? —Pedro mantuvo el cigarro en los labios pero no lo prendió.

—Si me muero, que sea por presión alta y no de cáncer —Santiago hizo girar la silla hacia uno de los monitores dándole la espalda a Pedro—, eso lo decidí hace años.

—¿Y el ADN? —preguntó Pablo—. Los sindicatos de militares privados siempre guardan registros de ADN.

—Ya lo intenté, tengo muestras en casi todo el cuerpo —Santiago rodó hasta la consola del Mediscam—. Esas espirales dobles son los registros genéticos de las muestras. Como ven, faltan pedazos en la secuencia de los genes. Sin un registro completo del ADN no puedo compararlo con los archivos.

—¿Y qué le pasó? —dijo Pablo.

—Miren por ese microscopio —Santiago empujó una mesita hacia ellos—, es una muestra de sangre.

—Algo se mueve aquí —dijo Pedro— ¿No está muerto?

—Son nanorobots —explicó Santiago.

—Como los que le ponen a los viejos con problemas de la vesícula —dijo Pablo.

—Parecidos, estos también son reguladores metabólicos; sólo que esperan a que se detengan las funciones vitales para comenzar a trabajar.

—A que son los culpables de que falten genes en las muestras —Pedro alzó la mirada del microscopio.

—Fragmentadores de ADN. Funcionan tan rápido como la necrosis, mientras más tiempo pase después de la muerte, más fragmentado estará el ADN.

—Nunca había oído hablar de un asesino con nanos para borrarle el código genético —dijo Pablo—. Esto sólo puede ser obra de algún biocracker loco o de una de esas sectas científicas.

—No, esto es un Hombre sin Rostro de verdad —dijo

48

Santiago—. Cuando la I Guerra Santa, aún trabajaba para la FULHA y me encontré fragmentadores de ADN como estos en infantes de marina españoles. Habían desembarcado en Cojímar para sabotear las sedes de las Corporaciones Protestantes. Es una tecnología rara y costosa pero si los ejércitos de Nuevo Vaticano la tienen, significa que ya es algo público. Cualquiera con mucho dinero puede tenerla.

—Es decir, que nos jodimos —dijo Pedro.

—Las corporaciones no usan limpiadores, tienen un código moral muy estricto —dijo Pablo—. Sólo las fundaciones se toman el trabajo de gastarse tanto dinero en limpiar sus propias huellas.

—Esta es una reconstrucción hecha a partir de escaneos a la piel del fallecido —Santiago mostró otra imagen en el Mediscam.

En la imagen aparecía la espalda del cadáver con una serie de cicatrices.

—¡Ese hombre está rayado! —Pablo se volvió hacia Pedro— Es uno de los tuyos.

—O fue —dijo Santiago—, no hay evidencia forense que demuestre que trabajaba para los abakuás. Podría tratarse de un desertor al servicio de otro.

—No hay tanto dinero en la calle para costear una limpieza artesanal de huellas digitales, sacarle los dientes uno por uno para sustituirlos por espigas sin numeración y, además, inyectarle nanos borradores de ADN—dijo Pedro—. Alguien pagó mucho porque no supiéramos quién era.

—Esto no es cosa de aficionados —dijo Pablo—, nadie se gasta tanto en un mercenario. Este tipo te siguió hasta aquí con un traje mimético y no te enteraste. ¿Cuántos conoces que son capaces de derrotar a un abakuá en un combate cuerpo a cuerpo? Fuese quien fuese estaba en la plantilla de alguien desde hace mucho. Y no era un comemierda.

—Si me permiten opinar —intervino Santiago recordando sus tiempos de oficial operativo de FULHA—, la CUC tiene su propio ejército entrenado en los polígonos de Nuevo Vaticano. Las Corporaciones Protestantes suelen alquilar los soldados entre los mercenarios de los países donde tienen sucursales, pero no aceptan ni santeros, ni paleros en su plantilla. Prefieren la fundación Charles Manson.

—Hay más fanáticos religiosos entre los psicópatas, claro —dijo Pablo— eso saca las corporaciones de la ecuación. Y como a los psicópatas de la gente de Charles Manson los escogen desde pequeños por su patrón psicológico, sólo quedan dos sospechosos: Los Santeros y los Abakuá.

—Los santeros te querían muerto a ti —dijo Pedro—. La Fundación Abakuá, aceptó el trabajo y me mandaron a mí para que te matara. Si este tipo era un ejecutor de la Regla de Ocha, por qué atacarme. Y si era un abakuá no tiene lógica que me atacara.

—Estaba esperando que mataras a Pablo, pero tú lo descubriste antes —Santiago se acomodó en la silla—. Habló de faltas cometidas por los ñáñigos, de los castigos de las Potencias y del nasakó. Creo que esto fue desde el principio un problema entre ñáñigos y el objetivo primario eras tú.

—Lo que dijo tiene que ver con el Secreto —dijo Pedro—, significa algo así como que si infringes el código se sabrá sin necesidad de que nadie te delate. En tal caso, este no era un simple limpiador. Era el ejecutor de un castigo impuesto por el Efimére Obón Ntui. Santiago, necesito salir a fumar un momento.

El consejo te eligió. Dijeron que por lo delicado del trabajo necesitaban alguien de confianza. Esas fueron las palabras de Miguel cuando terminó su reunión con el Consejo. Había algo raro en sus pasos... y lo más lógico era que mandaran a uno de la élite, no a mí. Todos ellos tienen las huellas quemadas y los registros dentales trucados.

—Bienvenido al mundo de las traiciones, amigo mío —dijo Santiago sin dejar de mirar la Tomografía Axial Computarizada del Limpiador—. A éste voy a tener que meterlo en hielo y moverme rápido o esos nanos harán invendibles sus órganos.

—¿Cuánto te debo por el empaste? —dijo Pablo.

—Dame un billete de 50 y estamos en paz. No comas grasa en 24 horas y ven a verme si te vuelve el dolor.

4

Traidor

Santiago estaba extirpando los órganos valiosos del Limpiador y metiéndolos dentro de cápsulas con campos magnéticos inhibidores de nanorobots cuando apareció Miguel en el apartamento.

—Últimamente a todo el mundo le ha dado por entrar a mi casa sin tocar el timbre —dijo Santiago sin dejar de trabajar en el cadáver—. ¿Tengo que invertir en seguridad también?

—No creo que sea necesario —dijo Miguel—, nos conocemos desde la primaria...

—A Pedro también lo conozco desde la primaria y hoy me formó tremenda cagazón aquí —Señaló al cuerpo sobre la camilla—. Después entró éste y por poco me rompe un lavamanos, estoy tratando de recuperar la inversión.

—Ese era un ekobio, mejor nos entregas el cuerpo...

—De eso nada, Miguelito. Si estaba en tu plantilla, ponlo como desaparecido en combate. Por cierto, y no es que me importe, si quieres joder a Pedro ya se dio cuenta.

—La culpa es de él. ¿Quién lo manda a meterse con la mujer de uno de los mokombos? Pedro se cree que siempre tendrá buena suerte y socios que lo saquen del aprieto.

—Pero tampoco es para traicionarlo así —dijo Santiago alzando la cabeza—. No es elegante.

—Me ofrecieron entrar en el Efimére Obón Ntui. Normalmente tardaría 20 años en ser uno de ellos. Es una oferta demasiado buena como para perderla por culpa de un irresponsable como él.

—Problema de ustedes, yo no me meteré donde no me llaman. Siempre que se vayan bien lejos de aquí a caerse a tiros.

—No hay lío —Miguel dio media vuelta y caminó hasta la puerta—, por cierto ¿Estuvo aquí un tal Pablo?

—¿Un jabao fuertecito?

—Sí, ese mismo.

—Se fue con Pedro.

—¡¿Qué?!

—Dios los cría y el diablo los junta.

IV/ RED NEURAL GLOBAL (RG)

El color del cielo sobre la habitación virtual semejaba el de un cuadro de Romañach. El resto del cubo-web había sido programado intentando reproducir un fragmento del callejón de Hamel en La Habana de finales del XX. Los grafittis de colores chillones representaban hombres y animales que se movían de un extremo a otro de la pared blanca. Estructuras de aparente metal reproducían una mezcla de maquinaria inservible y simbolismo yoruba. En las entradas de las casas había hipervínculos a otros sitios dentro de la red. Cada una con combinaciones diferentes de color, una para cada Orisha. El rojo y negro de Eleguá, rojo y blanco de Changó, amarillo y verde para Orula, azul y ámbar para Ochosi. Y en todas las puertas un guardián. Un cuerpo modelo Iván-estándar con modificaciones para larga permanencia en el ciberespacio. Ropa blanca para mostrar la pureza del espíritu, los rasgos caucásicos del modelo de avatar ruso reprogramados como africanos. El color de la piel cambiado al azabache.

El anillo de hipervínculos del Callejón de Hamel aguardaba en la tranquilidad de la Red Global. Cientos de visitantes con cuerpos virtuales modelos Aniushka, Iván, Igor, Katia y Kolia entraban y salían por los vínculos en la entrada al callejón. Sólo unos pocos traspasaban las puertas. Ahora, el horario pico había pasado y la habitación descansaba de visitantes de la red.

Un avatar modelo no-estándar accedió al callejón. Se trataba de un modelo Igor con ampliaciones en los parámetros vitales. El portador de aquel cuerpo virtual era siete veces más fuerte, resistente y diestro que cualquier estándar dentro de aquel lugar.

El hombre caminó hacia la puerta azul y ámbar. El guardián se interpuso entre él y el umbral.

—Vengo a ver al Orihaté. El pacto no se ha cumplido.

—El pacto consistió en silencio —dijo el guardián— y el silencio no se ha roto.

—Pero el hacker sigue vivo.

—Esa es la voluntad de Olofi. El muchacho no se conecta. Fuera de la red no mandan los Orishas.

—Si ese Ebbó llega a manos de nuestros enemigos políticos será el fin de nuestras sucursales en La Habana Autónoma.

—Los problemas de las corporaciones no son los problemas de la Regla de Ocha. Ustedes caminan por el mundo material preocupados por misceláneas como el dinero, el poder y la reputación. Nosotros tenemos nuestros dioses en la Red. Podemos darnos el lujo de esperar a que el hacker se conecte.

—No puedo sentarme tranquilo a esperar a ver cómo ese muchacho destruye mi reputación. Si ustedes no hacen nada al respecto, lo haré yo.

—Haremos algo al respecto. En su momento. La ofrenda fue tuya. La entregaste a Ochosi, ahora es un Ebbó. Le pertenece a él. Rama robó su ofrenda, no la tuya. Es un problema de Rama, el hacker, con Ochosi, el Orisha. No de Juan, el muchacho, con Suárez, el corporado.

—Igualmente haré algo. Ustedes no son los únicos que pueden eliminar a alguien fuera de la red. Yo también puedo contratar aseres y asesinos.

—Debes tener cuidado con el asesino que contrates —habló el guardián de la puerta roja y negra—. Los sicópatas no son hombres, son predadores. Tú piensas en la fundación Charles Manson como la solución a tus problemas. Te basas en el hecho de que en el pasado te han servido bien. Pero esta vez el problema es bien diferente.

—¡No venga ahora a darme consejos! Sé lo que debo hacer. Ustedes son los que parece que no saben cuáles son sus...

—¡No te atrevas a insultar a Eleguá! Porque Elegbara abre los caminos pero también los cierra.

Una sombra se deslizó por las paredes hasta rodear al guardián de la puerta roja y negra. Un bastón apareció en la programación del avatar.

—Es un Orisha —dijo el guardián de Oshosi—, lo ha montado un Orisha. Mejor muestra respeto.

—Escucha tu destino, corporado. Si usas al psicópata con nombre de arcángel se volverá tu perdición. No como corporado sino como hombre.

El cuerpo virtual cayó al suelo en una especie de trance. Cientos de datos estaban siendo transferidos desde su avatar hasta algún punto fuera del dominio de la IA que controlaba el callejón. Finalmente el guardián volvió a ser el mismo y el bastón de Eleguá había desaparecido.

—El que abre los caminos ha hablado —dijo el guardián—. Usa bien esa sabiduría.

—¡Pura charlatanería! —dijo el corporado dando media

vuelta hacia la salida del callejón—. Pueden usar toda la hechicería barata que quieran pero si ese hacker, Juan, no muere en las próximas 24 horas haré algo personalmente. Dile eso al Orihaté.

Y atravesó la puerta del callejón. La información de su cuerpo virtual fue transferida a otro lugar de la Red Global.

—¿Crees que vaya a contratar a alguien de la Charles Manson? —dijo el guardián de Changó al de Eleguá.

—Su maletín. Ya fue advertido.

V/ PUEBLOHUNDIDO CAMILO CIENFUEGOS

El sonido de las olas chocando contra el dienteperro llegaba desde la costa. Las olas entre los edificios del pueblohundido morían en el muelle de peatones del Camilo Cienfuegos. Los reflectores del antiguo Hospital Naval, ahora una estación de la FULHA, iluminaban las calles inundadas. Los botes de los pescadores hacían parpa-dear sus faroles chinos al ritmo del morse, en eterno rega-teo con los trabajadores de las plataformas de los Testigos de Jehová, sobre los precios del pescado en Underguater.

Viejo Alamar iluminaba la neblina hacia el Este dando un ambiente fantasmal a la costa. El viento traía el barullo de las candongas de la Villa Panamericana y el tronar de las carreras de carros de la autopista. Hacia el oeste brillaban los conos de luz de los reflectores de la comandancia FULHA, en la Cabaña, formando una semiesfera de luz en el horizonte.

Uno que otro helicóptero movía sus aspas en la noche mientras la brisa nocturna agitaba las antenas de televisión y enlace satelital. En la azotea, el polvo acumulado se arremolinaba junto a los tanques de agua. Pedro estaba sentado en uno de los aleros. Los enchapes de metal en las botas militares reflejaban las luces de la ciudad. El pantalón era de diseño igualmente militar pero en lugar de ostentar el azul de FULHA era negro, al estilo de la policía de Santa Clara Autónoma. Se había quitado la chaqueta permaneciendo con un pulóver de licra negra que se ajustaba a su musculatura. El Águila del Desierto descansaba en el arreo bajo su brazo derecho. Sus facciones etíopes le agregaban un toque inofensivo a los 75 kilos de masa muscular entrenada para la muerte.

Pablo estaba sentado en el suelo, recostado a un tanque de agua apenas a unos pasos de una botella de Vodka con etiqueta Havana Svaboda. A diferencia de Pedro, se vestía siempre con colores claros y trataba de ocultar cualquier origen militar en su imagen. Con tenis Xian-Ling pulcramente blancos, un pantalón de mezclilla al viejo estilo tejano y un pulóver, tres veces su talla, con una imagen de Megumi Tamashivara donde los símbolos del hiragana anunciaban un concierto ya olvidado en Tokyo.

—Así que viniste de Miami —dijo Pedro mientras se empinaba de la botella— ¿Cómo fue?

—En una balsa, como todo el mundo —respondió Pablo—. Después de los disturbios en Little Old Washington, y el bombardeo orbital ruso, la caña se puso a tres trozos. Como en Texas Independiente no quieren saber nada de los latinos y México-California no acepta inmigrantes; La Florida empezó a llenarse de refugiados.

—Del carajo.

—Y dilo —Pablo se empinó de la botella y bebió un trago largo—. ¿Quién crees que sea el que quiere matarte?

—De querer, cualquiera de los viejos del consejo puede tener razones para mandarme a matar.

—¿Cuáles?

—Una de 20 años con un buen par de tetas, por sólo ponerte un ejemplo.

—¿La hija de uno de los tipos fuertes de la Fundación Abakuá? Tú estás loco, chama.

—No era la hija —Pedro sacó un cigarro y comenzó a intentar encender la fosforera—. Pero Miguel es el único que sabe lo suficiente como para joderme de verdad. Lo que no entiendo es por qué lo haría.

—Háblame más de ese Miguel —Pablo se levantó del suelo, tomó la botella y caminó hasta el borde de la azotea.

—Nos criamos en el mismo Orfanato —Pedro agachó la cabeza para apantallar el viento mientras encendía el cigarro—, Hermanas de la Caridad, en Underguater.

—¿Sabes lo que creo?

—Dime.

—Que aquí hay algo más importante que un marido celoso. Nadie traiciona a un hermano por cuatro kopecs. ¿Por qué no matarte en casa de Diana?

—De paso querían que saliera de ti.

—Yo en tu lugar iría a casa del Miguel ese y le vaciaría el cargador en la garganta. Si quieres te echo una mano.

—Ná. Ese vive con más seguridad que el Comandante de la FULHA.

—Entonces vamos a joderlo por donde más le duela.

—¿Qué tienes en mente?

—Vamos a atrapar a ese mocoso que le robó a los Orishas y vamos a intercambiarlo por tu socio Miguel. El clan de Ochosi hará el trabajo por nosotros.

—¿Y cómo encontramos a ese chama?

—Esa es mi arma secreta. El muchachito es primo de Diana, por eso no lo maté —dijo Pablo y apuró la botella—

64

. Además, yo fui quien le buscó dónde esconderse.

—¡No sólo te metiste en candela por culpa de esa jeva sino que además le buscaste refugio al chama! Yo tú le vacío el cargador a Diana en la cabeza. Esa no vale la candela en la que estás metido.

—Debería, pero entonces me quedaría solo. Y volverían las pesadillas y los gritos de los niños muriéndose por la radiación después del ataque orbital.

Pablo guardó silencio casi un minuto completo sin dejar de mirar la botella de Vodka. Pedro decidió cambiar de tema.

—¿Dónde está el chama?

—Le resolví un apartamento en Underguater.

—¿Tú estás loco? Esa es una zona de guerra, Los Babalawos del Vedado han puesto barreras en todos los accesos por tierra a Viejo Cayo Hueso. Los clanes Santeros de Centro-Habana hicieron una declaración condenando la anexión de Underguater.

—Precisamente, es el lugar donde menos lo buscarían.

VI/ UNDERGUATER

Al llegar a la playa de Zanja, justo donde Belascoaín se hunde en el mar, termina la zona independiente de Centro-Habana y comienza el pueblohundido de Underguater. Antes de llegar al muelle, construido sobre los restos de los edificios que un día se alzaron en las cuatro esquinas, se encuentra un punto de control. Allí los uniformados llevan en sus hombros monogramas de la Armada de Ifá y subfusiles de manufactura belga. Normalmente se hacen escaneos de retina a todos los que vienen de Centro-Habana. Aquella mañana, las medidas de seguridad se habían recrudecido.

—¿Se puede saber, si ustedes son de Alamar, qué hacen

en Underguater? —dijo el sargento al frente del puesto de control.

—Somos de la Fundación Abakuá —dijo Pedro—, vamos para el Vedado a entrevistarnos con el Olúo Sinvayú.

—Ustedes no están en nuestra base de datos —el sargento se cruzó de brazos—. Necesitaré un documento que los acredite como ñáñigos o tendré que llamar a Ciudad Reggae para comprobar su historia.

Pedro llevó su mano a la espalda y deslizó los dedos hasta el mango de la pistola. Pablo dio un paso y se acercó al sargento.

—Si lo que hace falta es un papel que diga nuestra identidad, este servirá —y colocó un billete de 50 en el bolsillo del sargento.

—Todo en orden, disfruten su estancia en el Vedado —el sargento se volvió y comenzó a escupir órdenes—. ¡Acaben de levantar esa barrera que tenemos una cola de gente aquí!

Unos metros más allá del puesto de control, el agua de mar chocaba contra el muelle de ladrillo. Los dueños de las patanas repetían en voz alta la palabra Taxi.

—Diez pesos hasta el Ameijeiras, puro —dijo Pablo.

El viejo con la piel curtida por el sol asintió y comenzó a

desatar las amarras apenas Pablo y Pedro saltaron hacia la embarcación. La patana tendría unos cinco metros de tablas amarradas a tanques de 55 galones que garantizaban la flotación y un motor fuera de borda, marca Yamaha. Lentamente la balsa se fue alejando del muelle de Zanja mientras se adentraba en Belascoaín Hundida.

—Las cosas ya no son lo que eran antes, sabe —dijo el viejo—. Cuando Underguater pertenecía a Centro-Habana, y la Regla de Ocha tenía la batuta, las cosas iban mejor. A los santeros no les importaba lo que hiciéramos con la pesca. Cobraban una mensualidad y ya.

—Yo pensaba que ustedes habían pedido la anexión —dijo Pablo—, como el Vedado es un pueblohundido igual que ustedes.

—Esos fueron los locos de Cayo Hueso que siempre se han creído que viven en el Vedado. La verdad es que las cosas han ido de mal en peor. Hay impuestos por pescar, por botear, nos han llenado las calles de lanchas torpederas y las esquinas de puestos de control con ametralladoras. Ya no se puede vivir en este lugar. Mire lo que le pasó al Pantera la otra noche, iba en su bote por San Rafael y se le atravesó una lancha rápida llena de soldados de la Regla de Ocha. La gente de Centro-Habana no se resigna a perder este lugar ¿sabe? Esto ha sido el medio de La Habana desde antes del Ciclón, antes que los rusos se fueran al espacio.

—¿Y qué pasó, mi viejo? —dijo Pedro mientras encendía un cigarro.

—Que desde el puesto de control de la esquina con Belascoaín comenzaron a disparar y allí mismo se armó el tiroteo. Aparecieron dos cigarretas de los babalawos y hundieron la lancha. ¿Y sabe que fue del Pantera? Se quedó con el bote lleno de huecos y los soldados de la Armada de Ifá estuvieron nueve horas interrogándolo. ¿Se imagina nueve horas en el Focsa? Estas cosas no pasaban cuando los rusos estaban aquí. Incluso después del Ciclón las cosas iban bien. La jugada está muy apretada y si los santeros siguen en bronca con los babalawos, lo único que van a conseguir es que intervenga FULHA y declaren Underguater zona franca del gobierno autónomo. Y entonces las cosas sí que se van a poner malas.

—Ya llegamos, mayor —Pablo señaló el muelle a un costado del hundido cuerpo de guardia del viejo hospital.

El atracadero estaba a un costado del viejo parqueo que servía de rompiente para las olas. En otro tiempo el edificio había sido un hospital de nombre relevante, ahora sólo era un edificio de apartamentos. Justo enfrente permanecían a medio cubrir por el mar y el salitre los edificios de Cayo Hueso. El barrio había sido inundado por las aguas cuando el Ciclón del 16. Frente al Edificio Ameijeiras, en medio de la ensenada de Underguater, se alzaba sobre el pedestal a medio hundir la estatua de un héroe del pasado. Cubierto por el óxido y el salitre, el jinete broncíneo daba la espalda al mar sobre su caballo en dos patas. En eterna actitud amenazante contra el majestuoso sobreviviente del Ciclón.

En las rampas de acceso, al pie del edificio, los niños saltaban y corrían en una playa improvisada. Pedro y Pablo caminaron hacia el vestíbulo, entraron por lo que en su tiempo de gloria fue un ventanal y llegaron al gran salón. Aquel salón había sido una especie de recibidor o sala de espera. Ahora se escuchaban los calderos de las cocinas, los gritos de los bebés y las conversaciones de los vecinos. Pablo condujo a Pedro a través del laberinto de divisiones y hogares.

—Esto es un llega y pon —dijo Pedro asomándose a las habitaciones sin puertas con un espacio vital menor que una oficina.

—Sí, fue donde viví cuando llegué a La Habana. Aquí conocí a Diana.

—Yo sigo pensando que tú estás haciendo el papel de punto con esa jeva. Ya debe haberse templado a medio Alamar y tú corriendo delante de los santeros por su culpa. Hay una pila de mujeres en La Habana. Líbrate de esa antes que acabe contigo.

—La cosa no es tan simple. No cualquier mujer estaría conmigo. Ella conoce mis gustos. Hace todo lo que yo le pido…

—Buenas camas hay en cualquier lugar, sólo tienes que

buscarlas. Te voy a preguntar algo: ¿Es lo suficientemente compatible contigo como para quemar todas tus naves y hacer frente a un piélago de males, sólo por ella?

—No.

—Entonces mátala, no vale la pena.

Pablo llevó a Pedro lejos de las casas del gran salón y se detuvo frente a una escalera lateral.

—Mejor será usar ésta. Los elevadores son privados y hay que pagar una cuota.

—Pero está inundada —dijo Pedro mientras señalaba el agua que tapaba los escalones que descendían.

—Hacia abajo sí —Pablo subió un par de peldaños—. Pero hacia arriba todo está seco.

—¿Cuán alto es?

—Un par de pisos, no te asustes.

u

El último soldado con camuflaje del desierto se escondió tras los restos del tanque robot. Por suerte las armas del blindado funcionaban en modo autónomo disparando a todo lo que se movía a su alrededor. El único problema eran los francotiradores. Lo tenían rodeado y estaba dentro del rango de sus fusiles. No podía mover un solo músculo. Ahora estaba totalmente a cubierto pero si se movía unos segundos estaría con una bala 7,62 mm en la cabeza. Hubo varios disparos, los calibres 50 del tanque respondieron con ruidosa inexactitud. Le quedaban tres granadas. Comenzó a calcular las posibles estrategias de escape. Un silbido en el aire lo sacó de las iteraciones recurrentes en las que estaba absorto. Asomó la cabeza entre el blindaje chamuscado. Un proyectil antitanque dejaba una estela de aire caliente en el desierto. RPG-7 modelo antitanque, atinó a pensar, probabilidades de éxito en el ataque... 87 porciento. ¿Qué clase de jugador atacaría una posición sólo con un 87 porciento de probabilidades de ganar? Aquello no era eficiente. Definitivamente no. Sin embargo la explosión acabó con todos los puntos de vida del soldado norteamericano. La IA quedó totalmente desconcertada por la total falta de lógica de los jugadores humanos.

—¡Ahora sí los partimos a todos! ¿Viste, Rama? Eso es un equipo líder.

—Disfruta tu victoria, Ravana. Se lo han ganado.

—Noto un poco de envidia en tu voz, Shiva. Te recuerdo que la idea de dividirnos en equipos de a tres no fue mía sino de Rama.

—Bueno, basta ya de discutir. Es verdad que la idea fue mía y Ravana lo hizo muy bien. Si seguimos así vamos a derrotar a esos coreanos el día 15. Elvira, sácanos de aquí.

—Y eso que sólo eran un par de pisos —dijo Pedro cuando estuvieron frente a la puerta del apartamento.

Pablo introdujo la tarjeta en la cerradura y observó la lectura de la minipantalla junto a la puerta. Pedro se mantuvo a unos pasos de él y sacó un cigarro de la caja.

—Una cerradura de código infinito —dijo Pablo mientras tecleaba varios números en el panel junto al picaporte.

—¿Podrás con eso? —Pedro encendió su cigarro.

—Los códigos infinitos son mi especialidad, tú tranquilo.

♃

—Oye, Elvira —dijo Rama mirando el monitor del circuito de seguridad—. Hay un par de prietos en el pasillo... ¡Y la están abriendo!

Elvira saltó sobre uno de los sillones y clavó su mirada en el monitor de seguridad.

—Ya abrieron la primera puerta —dijo mientras se mordía el labio.

—¿La del código infinito?

—Esa misma —Elvira saltó sobre los mandos de la consola e introdujo las manos en los guantes de presión—. Voy a cerrar la trampa.

☿

Pedro y Pablo estaban en medio del pasillo cuando la puerta blindada les cerró la salida. Frente a ellos estaba una segunda puerta del tipo usado en las bóvedas de los bancos. A través de las ventanas entraba el aire del mar, quince pisos en caída libre.

—Y ahora qué —dijo Pedro—. ¿Armas-robots?

—Te juro que no estaba así cuando dejé al muchacho — Pablo miró fijamente el cañón del arma calibre 12.5mm, acoplado a una montura azimutal, con cámara de TV y mira láser.

Pedro y Pablo corrieron agachados por el pasillo, mientras el cañón comenzaba a disparar. Cuando estuvieron cerca del arma-robot vaciaron los cargadores sobre el disco que regulaba la altitud del cañón. Las chispas brotaron y el arma quedó atascada.

♈

—¡Rompieron uno de los ejes de la montura! —dijo Elvira sin apartar los ojos de la pantalla— Y están en un punto ciego.

—¿Podrán con la segunda puerta? —Shiva se recogió el pelo en una coleta, abrió un armario y le lanzó una escopeta de perdigones a Rama.

—No me parece —dijo Elvira—, desde aquí la tengo cubierta.

△~

—¡Apúrate! —dijo Pedro al tiempo que sostenía el pie de Pablo.

—¿Te crees que esto es fácil? —respondió Pablo mientras trasteaba la cablería del arma robot—. Esta mierda es a control remoto.

—Hazle un bucle a la cámara y acabemos de una vez con esto.

�

—Llevan mucho tiempo ahí —dijo Krishna sin apartar

76

la vista de la pantalla mientras apartaba los rizos oscuros que caían frente a sus ojos.

—Demasiado para mi gusto —Elvira apartó unos papeles del teclado de la consola—. Voy a soltar las ampollas de gas.

—Yo en tu lugar no lo haría —dijo un mulato corpulento y vestido de negro que apuntaba a Elvira con un Águila del Desierto.

—El gas podría entrar a este lugar y moriríamos todos —dijo otro hombre con pitusa tejano desde la puerta recién abierta.

—¡Un momento —dijo Rama—, yo conozco a ese tipo!

—¿Qué bolá, Juan? —dijo Pablo sin dejar de apuntar a Rama—. Has hecho algunos cambios al apartamento que te presté.

♪

Pablo estaba sentado en uno de los cojines junto al ventanal justo frente a los servidores y la silla de Elvira. Pedro se entretenía mirando el mar, el muro del malecón y el lago interior de Underguater. No había lanchas armadas de los babalawos, sólo boteros. Tomó un cigarro y se lo llevó a la boca.

—¿Cuánto les costó montar una RNL aquí? —dijo.

—Un favor aquí, otro allá —dijo Elvira—. Mucho trabajo, eso sí. ¿Y tú qué, te gustan las redes?

—Prefiero las pistolas, pero me defiendo —dijo mostrando el bioimplante en la nuca—. No veo que tengas un pló para conectarte.

—Nunca me conecto —dijo Elvira.

—Químicamente pura —Pedro encendió el cigarro sin dejar de reír—, nadas en la mierda pero no te ensucias.

—No me gustan los conectados —Elvira eludió la mirada de Pedro—. Parecen enfermos, como los drogadictos.

—¿Y ellos? —señaló con la cabeza a los jóvenes sentados sobre las mesas.

—Ellos son diferentes —dijo Elvira dando la vuelta para recostarse al ventanal—, juegan a ser inocentes como si el resto del mundo no existiera allá fuera. Pero no se enganchan con el ciberespacio, sólo juegan a ser hombres.

—Por eso les montaste la Red Neural.

—Sí, por eso los ayudé.

Pablo había caminado hacia Rama, donde los sillones de conexión. El muchacho tenía los ojos inyectados en sangre

78

pero lucía saludable.

—Alguien está muy interesado en eso que le robaste al Clan de Santeros —dijo Pablo—. Los Babalawos te quieren muerto. ¿Cuánto tiempo crees que podrás resistir en una Red Local... sin conectarte de verdad? Somos tu única esperanza de negociar con ellos.

—Disculpen que interrumpa, pero parece que hay unos tipos en el pasillo... Que también acaban de violar tu famosa cerradura de código infinito —dijo Shiva frente al monitor de seguridad— ¡Esto es un relajo, caballero!

Las ventanas se rompieron y una granada de luz detonó en la habitación. Todos quedaron inmóviles por el dolor en la retina. A excepción de los tres hombres que bajaron a rapel por la ventana; y de Pedro, que se guiaba más por el oído que por la vista. El soldado Abakuá dio una voltereta y se situó entre dos sillones de conexión. Disparó a uno de los atacantes y escuchó como la bala de calibre 50 agujereaba el peto antibalas. Fue retrocediendo agachado, mientras los disparos rompían las computadoras anexas a los sillones.

Volvió a disparar.

Esta vez acertó en la cabeza, escuchó el sonido del casco al abrirse. Para entonces ya había recuperado la visión: contempló cómo la puerta acorazada se abría y comenzaban a entrar unos tipos con uniformes azules, chalecos pesados, cascos, visores universales y fusiles de asalto rusos.

Pablo se había tirado al suelo cubriendo con su cuerpo a Juan-Rama y a Krishna. Cuando pudo verlo todo nuevamente, varios tipos con uniformes de FULHA estaban apuntando a Pedro. Disparó su pistola y la 9 mm rebotó en el peto de uno de ellos. Otra vez, y el casco del segundo hombre detuvo la bala, *Kevlar Tercera Generación* pensó *haciendo sólo un estimado a la ligera*. Al volverse hacia la puerta vio como esta terminaba de abrirse. Minutos después, las balas del cargador se le habían agotado de tanto dispararle a la multitud.

—¡ESTO ES UN OPERATIVO DE FUERZA UNIDA DE LA HABANA AUTÓNOMA! SUELTEN LAS ARMAS Y MANTENGAN LAS MANOS EN LA NUCA —decían los altavoces mientras los soldados entraban—. ¡REPETIMOS! ¡ESTO ES UN OPERATIVO DE... !

Elvira no vio nada hasta que la masa compacta de soldados entró disparando a todas partes. Los proyectiles de los agentes de la FULHA hicieron saltar chispas a los cables de alimentación; reventaron transformadores, perforaron el chasis de las minicomputadoras y destrozaron el servidor. Cada impacto le dolió como si hubiera sido en su propio cuerpo, pero al cabo de pocos segundos, su mente volvía a funcionar más rápido que los acontecimientos.

La Red Neural estaba perdida, por lo tanto, podía convertirse en un instrumento muy útil para contener el ataque.

Buscó en las consolas del servidor y rastreó las memorias permanentes de cada sillón. A falta de sillones de conexión de fábrica, Elvira había recogido de un cementerio de chatarra, seis sillas de aviones Mig-33 descontinuados tras su fracaso en el bombardeo al Vaticano. Cada sillón poseía, oculto en una memoria de solo lectura, un programa de emergencia que catapultaba al piloto y su silla en caso de avería. Elvira había conservado aquellas memorias, por si acaso.

La Red Neural Local ordenó a las memorias fijas a los sillones de conexión que catapultaran sus asientos. Cada silla golpeó el techo, impulsada por cohetes de propelente líquido. Algunos volvieron a caer incendiados, otros abrieron agujeros en la placa haciendo llover pedazos de concreto y hasta muebles de los pisos superiores. Incluso una silla explotó por estar vencido el combustible de los cohetes. El fuego, el humo y los disparos convirtieron una redada en una estampida por salir del edificio.

Por suerte para Rama, cada equipo dentro del juego se comunicaba por un dispositivo radial ajustado a sus oídos y no por la red. Gracias a esto logró rescatar a Kamsa y a Shiva de las garras del pánico y colocarlos en situación. Cuando encontró la frecuencia de Ravana, Vritra y Krishna, ya su equipo arrastraba a Elvira fuera del apartamento.

—Todo el mundo bajará por las escaleras o los elevadores —dijo Rama—. Nosotros iremos arriba.

—¿Pero qué vamos a hacer arriba? —dijo Ravana— ¿Cómo vamos a largarnos de aquí?

—En helicóptero —dijo Rama—. No hay operativo de la FULHA sin helicópteros en la azotea.

Los seis jóvenes y la mujer llegaron al helipuerto en poco tiempo. Como moscas en un dulce, estaban tres Super Lynx 300 comprados a las corporaciones anglicanas. A ambos lados de las puertas brillaban los monogramas de la FULHA. En total cuatro centinelas, que apenas vieron al grupo de civiles acercarse, alzaron sus fusiles y apuntaron.

—¡De rodillas y quiero ver esas manos! —dijo uno— ¡Al suelo, te digo!

La cuchilla silbó en el aire y uno de los soldados comenzó a vomitar sangre. El resto fijó su atención en un hombre alto y flaco. Su cabello era casi rubio y estaba pelado muy bajo. Tenía unos espejuelos de cristal redondo y oscuro, con armadura dorada. Llevaba puesto un traje blanco meticulosamente planchado con una corbata roja.

Los soldados comenzaron a disparar contra el recién llegado, que no parecía dispuesto a moverse por los disparos. Otro silbido, y un puñal se encajó en la nuca de otro soldado.

—¡Está en los helicópteros! —gritó un sargento—¡Eso de ahí es un señuelo, un holograma!

—¡Ilusionistas! —dijo el soldado restante mientras disparaba hacia los helicópteros— ¡Que mal me caen los ilusionistas!

Un disparo de pistola y el soldado cayó al suelo. Pedro y Pablo caminaban por el helipuerto hacia los hackers, arrodillados a medio camino de los helicópteros. El sargento intentó apuntar su pistola a los hombres que se acercaban, pero algo lo pinchó en la muñeca e inconscientemente abrió la mano. Alguien tiró de él y un objeto filoso se deslizó por su garganta.

—Ni un paso más, apóstoles —dijo el hombre de blanco que sostenía al sargento como rehén.

—¿Por qué crees que nos detendríamos? —Pablo apuntó al sargento—. ¿Crees que nos conmoveremos por éste?

—Ustedes son Pedro y Pablo, fundadores de la Iglesia de Cristo. Nunca matarían a un inocente.

—¿De dónde salió el quemao éste? —Pablo mantenía la pistola en alto

—De la Fundación Charles Manson, allí tienen en plantilla todos los locos que les da por matar gente —Pedro apuntó a la cabeza del hombre de blanco.

—Muérete —Pablo disparó y la bala atravesó el hombro del sargento.

—No —el hombre de blanco degolló al sargento y desapareció para aparecer junto a Pablo—. Tú primero.

Pablo eludió varias cuchilladas y se dejó caer mientras disparaba. El ilusionista desapareció nuevamente para aparecer a espaldas de Rama. La hoja afilada se apoyó en su cuello mientras Pablo se incorporaba apuntándole. Pedro lo detuvo con un gesto de su mano libre al tiempo que bajaba la pistola. Una sonrisa maliciosa apareció en el rostro del hombre de blanco y lanzó el cuchillo contra Pedro. Pablo abrió fuego desde su posición mientras Rama se tiraba al suelo. El ilusionista había desaparecido nuevamente.

—¡Corran al helicóptero! —gritó Pablo—. Nosotros los cubrimos.

Pedro sintió correr la sangre por su antebrazo y tomó la pistola con la mano izquierda. El hombre de blanco se movió en la oscuridad. Los pasos eran sutiles pero el limpiador de ruido consiguió ubicar su procedencia. Disparó dos veces.

—No te quedan muchas balas, apóstol —dijo una voz.

Pedro volvió a disparar.

—Me pregunto hasta dónde mis ilusiones serían capaces de engañarte.

El hombre de blanco apareció junto a Pablo y éste disparó al tiempo que se dejaba caer al suelo. El verdadero hombre de blanco apareció atrás de Pedro y lanzó un cuchillo sobre Pablo. La daga cruzó por encima de la cabeza de Pablo, que permanecía arrodillado junto al holograma.

El hombre de blanco avanzó sobre Pedro con un estilete en la mano. El abakuá esquivó la puñalada con un movimiento de la pistola. El punzón chocó con el carro del Águila del Desierto desviando su trayectoria.

—Muy listo —dijo el hombre de blanco haciéndose invisible.

—Soy ambidiestro —dijo Pedro—. Puedo matarte con cualquiera de las dos manos.

—¡Pedro, vámonos de aquí! —gritó Pablo mientras empujaba a Juan hacia el helicóptero.

—Buena idea esa de sembrar ruidos falsos —dijo Pedro—. La mayoría de los ilusionistas se limita a los hologramas.

—La mayoría de los ilusionistas —las voces parecieron llegar desde lugares diferentes— son charlatanes. Yo soy un artista.

—¿Trabajas para la Corporación Unión Católica? —Pedro estaba filtrando en su mente todos los ruidos que le llegaban buscando los verdaderos pasos del hombre de blanco.

—No soy un católico, en el sentido estricto. Desde la Privatización del Vaticano, las cosas en el mundo han ido mal. No, mi lugar no está entre las corporaciones aunque soy un hombre de fe —dijeron las voces—. Digamos que soy el arcángel Gabriel; pero en tu caso, Pedro Apóstol, soy el ángel de la muerte.

Pedro dio una vuelta en el piso y tres dardos se clavaron donde antes había estado su cuerpo. Se incorporó y disparó tres veces. El carro de su pistola se echó para atrás. Una mancha de sangre salpicó el aire. El hombre de blanco era visible. Pedro buscó en su cintura, no le quedaban cargadores. Entonces cayó la granada fumígena.

El vapor cubrió la azotea mientras los soldados se desplegaban por el helipuerto. El hombre de blanco puso los dedos sobre la mancha de sangre en su camisa. Pablo cargó a Pedro sobre su hombro y corrió hacia el helicóptero.

En medio de la humareda, el Super Lynx 300 alzó el vuelo. Los soldados de la FULHA no vieron al hombre de blanco, pero encontraron cuatro cadáveres uniformados y un helicóptero de menos.

—¡¿Se puede saber qué demonios está pasando?! —gritó Rama— ¿Quién era ese loco?

—Tú lo dijiste —Pedro luchaba por quitarse el dardo,

clavado entre los tendones del antebrazo con precisión de dígitopuntura—. Uno de los achicharrados de la Fundación Charles Manson.

—¡¿Qué?! —Ravana abrió la boca y la dejó así un buen rato— ¿A qué viene eso ahora?

—Los abakuá no mandarán otro Limpiador —dijo Pedro—. Esta vez, prefirieron que la Fundación limpiara su ropa sucia.

—Y ustedes trajeron sus problemas a donde estábamos nosotros —dijo Elvira—. Hemos perdido una Red Neural por culpa de que unos abakuá fugitivos decidieron hacernos una visita social.

—Escúchame bien, cacho e comemierda —Pablo apuntó a Elvira con la copia china de Beretta—. Si tu amiguito no hubiera estado robando las ofrendas de los Orishas en Red, nada de esto habría pasado. Esos tipos no juegan y quieren sus cojones colgados en una consola a cualquier precio. Y si no quieres un agujero de media pulgada en el cerebro...

—¡Oye, guarda esa mierda que nos vamos a estrellar si se te va un tiro! —dijo Shiva.

Pedro aguantó la muñeca de Pablo y le obligó a bajar la pistola.

—Nosotros fuimos contratados para matarlo a él —Pedro señaló a Rama—. Hay más de un asesino tras su pista y mucho dinero de por medio. Por razones de supervivencia debemos negociar con los Santeros y devolverles la prenda. Nuestros caminos están cruzados sin remedio, ¿bien? Al psicópata lo trajimos nosotros, de acuerdo, pero esa diarrea de policías vino por ustedes. Conozco el protocolo y esos tipos los querían vivos.

—La ofrenda —dijo Rama—. Vienen por la ofrenda, como todos.

—No tiene sentido —Ravana echó hacia atrás el respaldar del asiento junto al piloto—. FULHA no tiene tratos con los Santeros, ni con los Abakuá.

—Pero el Gobierno sí —dijo Rama— y FULHA es el Gobierno Autónomo.

—Sólo hay una forma de averiguarlo —Elvira se asomó por una de las ventanillas y contempló la ciudad—. Y para eso tenemos que conectarnos.

—¿Dónde y con qué? —dijo Kamsa—. Nuestra Red se fue a la mierda.

—Conozco un amigo que tal vez nos pueda ayudar.

—No es por ser aguafiestas —dijo Shiva señalando el panel de control del helicóptero—, pero la consola está pitando y hay mensajes encriptados cada dos segundos. Lo mismo se autodestruye esta cosa que nos localizan y comienza el combate aéreo.

—Vamos a la Periferia —dijo Elvira—. Usa un corredor

aéreo que esté congestionado para que no puedan interceptarnos. Aterrizaremos en la Fuente Luminosa.

—¿A la zona residencial? —Vritra se quitó los espejuelos y comenzó a limpiarlos—. Una prima mía vive allí.

—Pues no tendrás tiempo de visitarla —dijo Rama.

—¡Que te crees tú eso!

VII/ AEROPUERTO MASIVO, CIUDAD DEPORTIVA

El Cerro marcaba la frontera entre La Habana gubernamental y los barrios independientes. El aeropuerto local de Ciudad Deportiva pertenecía oficialmente a la parte de la ciudad controlada por el gobierno autónomo pero sólo se empleaba como nodo de comunicación con la zona norte. La terminal Fuente Luminosa estaba atestada de helicópteros de servicio privado, camellos aéreos, jet corporativos y cazas de FULHA.

Para evitar las guerrillas urbanas de Nuevo Vedado, la mayoría de los residentes de las zonas de periferia acudían al barato y seguro transporte aéreo. Todos los días las terminales de Ciudad Deportiva se llenaban de trabajadores de las corporaciones de Miramar, las oficinas de la lanzadera espacial de Centro-Habana o las plataformas de petróleo de Ciudad Reggae. Cerca de un millón de personas eran llevados de un extremo a otro de la ciudad en viejos aviones de carga rusos, adaptados para el transporte masivo.

—Helicóptero H4-17, aquí torre de control La Mariposa. Está obstruyendo el vuelo en un corredor congestionado. Por favor, declare destino de vuelo.

—Solicito permiso para aterrizar lo más pronto posible.

—Los hangares que se reservan para FULHA están abarrotados H4-17, lo más que puedo hacer por ti es dejarte un espacio en la pista común entre un Camello y un jet corporativo.

—Agradecido, hermano.

—No me lo agradezcas y súbeme el salario.

Tras el aterrizaje, los fugitivos atravesaron el salón de espera y se escabulleron entre las indescifrables colas para abordar los aviones de transporte metropolitano. La infraestructura de titanio de la terminal 7 reflejaba los rayos del sol matutino. Los oficiales de seguridad y algunos efectivos de FULHA pedían identificación aleatoriamente a los que entraban al aeropuerto y revisaban los bolsos que pudieran ocultar explosivos o armas de gran calibre. La mayor parte de la revisión en los puntos de control se ejercía sobre los que entraban a la terminal. Como el grupo salía del aeropuerto en pleno horario pico, cuando la gente normalmente entra, pasaron desapercibidos.

—Estamos en territorio de FULHA —dijo Pablo apenas cruzaron bajo el arco de la salida—, si nos cogen aquí nos juzgarán según las leyes del Gobierno Autónomo y no hay extradición posible. Ni al Vedado, ni a Alamar.

—Lo que el gobierno de La Habana toma, nunca lo devuelve —Elvira se detuvo antes de bajar las escaleras—. Mi padre solía decir eso.

—El mío también —Pedro sacó un cigarro y botó la caja en el suelo—, parece que es un refrán anterior al Ciclón.

—¿Y ahora qué? —Rama se recostó a una de las columnas del arco de salida.

—Estamos en la Periferia, ¿no? —Vritra bajó hasta la acera—. Cojamos un taxi...

—¿Tú estás loco? —dijo Krishna— ¡Con lo que cuesta eso!

—¿Dónde vive nuestro hombre? —Pablo miró a Elvira.

—En Lawton —dijo Elvira—, en la zona residencial.

—Pues habrá que coger un taxi —Pablo alzó los hombros.

—Esto se está poniendo malo —Krishna comenzó a

bajar por los escalones de aluminio—, primero nos joden la Red y ahora hay que coger un taxi.

—¡Por supuesto que vamos a coger un taxi! —Vritra atravesó la acera y alzó la mano—. Cogeremos un taxi para ir a casa de mi prima.

—¡¿De qué estás hablando?! —Shiva corrió hasta él y lo empujó.

—De que este problema no tiene nada que ver con nosotros —dijo Vritra—. Nos jodieron la red, de acuerdo. Pero no tenemos por qué meternos en esta candela por ellos —Shiva caminó hacia Vritra, pero Kamsa se interpuso en su camino—. Tienen a toda la FULHA detrás y, para colmo, a un maniático del sindicato de psicópatas de Fundación Charles Manson.

—Pero Rama está en el problema —dijo Shiva mientras Kamsa lo empujaba hacia atrás—. Debemos ayudarlo; de a socio.

—¡Que se joda Rama! —Vritra se quitó los espejuelos y señaló a Rama—. No me van a meter un tiro por su culpa. Se metió donde no debía; su problema.

—¡Eso es una mariconá tuya! —Shiva apartó a Kamsa y dio un paso hacia Vritra. Ravana y Krishna corrieron hacia ellos—. Todos somos socios, todos nos ayudamos. Como un equipo ¿Te acuerdas de eso? Dos grupos, un equipo. Rama está Sin Conexión y tenemos que ayudarle nosotros,

94

porque si entra en RG lo fríen...

—Mira Shiva —dijo Ravana mientras apartaba a Vritra—, me importa un carajo lo que le pase a Rama como también me importa poco lo que te pase a ti. Nuestro convenio de coope-ración es para jugar y conectarnos, no para aguantar tiros de nadie. Hay tipos peligrosos por ahí que quieren la cabeza de Rama, eso es bien diferente.

—No me jodas, Ravana —dijo Shiva mientras Krishna lo aguantaba—. Somos hermanos para vacilar pero a la hora del cuajo no hacemos nada.

—Tú haces lo que quieras, Shiva —dijo Ravana—. Yo me voy con mi equipo para casa de la prima deVritra. No podemos hacer nada y eso lo sabe hasta el propio Rama.

—Claro que podemos hacer algo —Krishna echó a Shiva para atrás y dio un paso—, podemos conectarnos y negociar con los babalawos directamente.

—¿Y si nos rastrean? —dijo Kamsa.

—¡Tú lo que eres es un cobarde! —Shiva se zafó del abrazo de Krishna e intentó correr hacia Kamsa—. Estás en el equipo para vacilar y conectarte gratis, pero cuando llega la candela sales huyendo como una rata.

—¡Contrólate! —Kamsa volvió a interponerse en el camino de Shiva pero esta vez lo empujó hacia atrás con más fuerza—. ¿Quién te crees que eres?

—¡No te hagas el loco! —Esta vez fue Krishna el que empujó a Kamsa—. ¡Cobarde y bien! En esta candela estamos todos juntos y no es de hombre dejar a Rama embarcado aquí.

—Ninguno de nosotros es un soldado privado para fajarnos con asesinos abakuá o psicópatas de la Fundación Manson, mucho menos con la FULHA —dijo Ravana—. En la Red lo que tú quieras pero no tienes derecho a juzgar a nadie por querer salirse de esto.

—Estás hablando así porque quieres salir corriendo como la rata de Kamsa —dijo Shiva.

—¿Qué tú estás diciendo? ¡Espérate! —Ravana caminó hacia Krishna y Shiva.

—Lo que oíste... ¿Qué, no te gustó?

Ravana y Shiva se acercaron sin que el resto de los muchachos hiciera nada. Se miraron de cerca con odio contenido.

—¡Silencio! —Rama se apartó de la columna de carpintería de aluminio y comenzó a bajar por la escalinata—. No tiene sentido que discutan por mi culpa. Esta es mi guerra y no arrastraré a nadie contra su voluntad. Las reglas allá dentro son diferentes que aquí. Aquí no soy Rama, soy sólo Juan. El que quiera irse que se vaya.

—No tengo nada en contra tuya, Rama, pero yo voy a poner tierra por medio hasta que pase la tormenta —dijo

96

Ravana—. Estaremos en casa de la prima de Vritra, nos pueden localizar allí para lo que sea.

—Menos para fajarse.

—¡Shiva... —Krishna se volvió con los brazos abiertos—, afloja compadre!

Vritra anotó un número y le tendió el papel a Elvira.

—Sin resentimientos, Rama —dijo Ravana mientras alzaba la mano para detener un viejo mosckovish—. Que tengas suerte.

—Me cuidaré —dijo Rama mientras el carro se detenía.

—¿Cuánto hasta la Víbora? —dijo Vritra al chofer.

—Diez pesos por cabeza —respondió éste.

VIII/ ZONA DE LA PERIFERIA, LAWTON

Llamarle zona residencial a la periferia de La Habana era una verdadera ironía. El Ciclón del 16 había inundado el norte de la ciudad y las estructuras de gobierno se habían trasladado al sur. Contrario a todos los pronósticos la ciudad sobrevivió; pero el Gobierno Autónomo había perdido el control sobre los barrios cercanos al mar. Tras la anarquía que siguió al Ciclón en la guerra de los quince días, La Habana fue dividida en dos partes: al norte, los barrios autónomos donde FULHA sólo intervenía para asuntos de Estado. Y al sur y las zonas periféricas estaba la verdadera Habana Autónoma, regidas por las leyes del Código

Urbano. La FULHA tenía un control total en los barrios que habían sostenido la migración durante los primeros días después del Ciclón. Las consecuencias de la superpoblación eran mermadas con un estricto control de armas y patrullaje sostenido.

Debido a que el Gobierno Autónomo quedó sin presupuesto tras la Diáspora Soviética, no se habían construido suficientes edificios en Lawton, el Cerro, la Víbora, Luyanó, Cotorro, Boyeros y Santiago de las Vegas. Las zonas de la periferia estaban llenas de ciudadelas y ghetos mantenidos bajo estricta vigilancia por el gobierno de la ciudad.

La casa donde supuestamente vivía el Mago, era de puntal alto y tenía rajadas todas las columnas. Por el estado del techo y las paredes, había quedado legalmente inhabitable desde hacía mucho tiempo. Pero, a todas luces, allí vivía más de una persona. En la entrada del portal un gran letrero decía:

EL CONEJITO

LA TABERNA INGLESA DE LAWTON

NO SE OFERTAN GATOS

—Es aquí —dijo Elvira—. Vamos.

—¿Qué desean los señores? —uno de los camareros se acercó a recibirlos.

—Queremos ver al Mago —dijo Elvira.

—No conocemos a ningún Mago.

—Entonces me informaron mal, pero estaba segura de que era aquí donde los conejos vuelan por la Red.

—¡Ah! Seguramente se refiere usted a la especialidad de la casa: Conejo a la francesa, acompáñenme.

—¿Cómo es eso de que los conejos vuelan? —susurró Pedro al oído de Elvira.

—Cállate y verás.

El camarero los entró al restaurante decorado interiormente con un lujo poco habitual. Los llevó a una mesa en un cuarto aparte y encendió una consola de música indirecta.

—¿No pueden cambiar esa música? —Shiva se llevó los dedos a la sien—. Es horrible.

—¿Qué pasa con el Mago, muchacha? —dijo Pedro—. No tengo intenciones de ponerme a almorzar en un restaurante de lujo.

—¿Lujo? —Krishna miró con recelo a ambos lados—. Apuesto a que todo esto es ilegal y lo que sirven es gato ahumado.

—Bestia, en la puerta estaba escrito que no servían gatos —dijo Rama.

—Y tú les creíste.

—No es mala idea almorzar —dijo Shiva.

—¿Te imaginas los precios de aquí? —dijo Krishna, quien procuró hablar en voz baja mientras los camareros servían varios platos con carne en salsa—. Esto es una locura.

—¿Y por qué no lo pagan ellos? —Shiva señaló a Pedro y a Pablo—. Es por su culpa que estamos aquí.

—Porque te puedo sacar por los ojos el implante que tienes en la nuca, rubio —Pedro se traqueó los dedos.

—¡Uy, qué miedo!—se burló Shiva—. Mira cómo tiemblo. Creo que hasta he perdido el apetito.

—Un grupo muy disparejo —dijo una voz desde la consola de música— en mi modesta opinión.

—¿Qué? —Pablo dio un salto.

—¿Mago? —Elvira se volvió hacia la consola de música— Cada día es más difícil localizarte.

—No estoy en ningún directorio, lo siento —dijo la voz desde la consola y aparecieron varios camareros con bandejas en las manos—. Pueden comer sin preocuparse por el precio, formo parte del negocio.

—¿Te dedicas ahora a los restaurantes?

—Digamos que se trata de una entrada extra de dinero. Hay que vivir, ¿no?

—Una pregunta, señor Mago —dijo Rama.

—Me la imagino —respondió la voz—. Lo que tienes delante no es gato. Puedes comer tranquilo.

—Tenemos un asunto urgente que tratar con usted —dijo Pablo—. Tenemos prisa.

—Si están muy apurados pueden entrar a la cocina por la puerta giratoria a sus espaldas. Llegarán a un patio interior, pueden subir por la escalera de caracol. Nadie los detendrá. Buen provecho.

—Está bueno el conejo —dijo Rama.

—Vamos —Pedro se puso de pie.

—Pero, hace hambre —dijo Shiva.

—Lo mejor será almorzar —Elvira tomó los cubiertos—. El Mago no se esfumará. Además, hemos tenido un día muy agitado.

—De todas maneras voy a comprar una caja de cigarros —Pedro terminó de levantarse y se alejó de la mesa.

—¡Ay, coño! —Pablo dio un manotazo en la mesa.

—¿Qué pasó?

—Creo que se me levantó el empaste... ¡Me cago en la mierda!

T

—¿Por qué le dicen el Mago? —preguntó Shiva cuando atravesaban la cocina.

—Porque hace magia —dijo Elvira.

—¡Miren, conejos de verdad! —dijo Krishna.

El grupo había llegado a un patio interior lleno de jaulas con conejos blancos. De la nuca de cada uno de los anima- litos pendía un dispositivo semejante a un conector hembra.

—Los deben matar con corriente porque eso parece un conector —dijo Shiva.

—A mí me parece un puerto para algún tipo de cable de transmisión —Rama observó los conejos de cerca.

—¿Y qué le van a transmitir al cerebro de los conejos? —Shiva se echó a reír—. ¡No seas bobo!

—Mejor se callan los dos —dijo Elvira— Al Mago no le gustan los comentarios sobre su forma de vida.

Subieron por una escalera de caracol. El metal estaba cubierto por el oxido y una planta trepadora se enroscaba por el pasamanos y los peldaños.

La sala de la casa del Mago no superaba las dimensiones de un apartamento pequeño. Para colmo, repleta de conso- las de conexión, tornos, herramientas, muebles estilo impe- rio, juguetes por todo el suelo y sillones de mimbre. Una lámpara antigua con lágrimas de cristal colgaba del techo por una cadena oxidada. Los muebles del juego de sala estaban llenos de papeles y libros recién abiertos.

—Cuando eras mi discípula no pasabas de ser una nerd solitaria —dijo un hombre de pelo negro, aunque ya comenzaban a asomarse algunas canas en sus sienes—. Ahora resulta que te gustan los tumultos.

—Son clientes —se defendió Elvira—. Les monté una RNL en Underguater y un hijo de puta nos la destruyó. Te necesitamos para entrar a la Red.

—De acuerdo, pero los dos "fuerzas de choque" tienen que dejar las pistolas en el buzón —Pedro y Pablo se miraron—. No se preocupen, aquí nadie se las robará.

—Discúlpeme, pero no nos conocemos —dijo Pablo—. Quedarnos desarmados es un acto de confianza que no sé si usted lo merece.

—Es posible que no lo merezca, pero en esta casa hay niñas y no quiero armas cerca de ellas —dijo el Mago—. Son ustedes los que han venido a pedirme favores, lo mínimo que pueden hacer es jugar según las reglas de la casa.

Ambos hombres dejaron las armas dentro del buzón y apenas pusieron un pie dentro un arma-robot, camuflada dentro de la lámpara de la sala, realizó un escaneo láser de Pedro.

—Todas las armas —dijo el Mago, mientras Pedro sacaba un Smith&Wesson 38 especial de una funda junto al tobillo—. Mis secretos se guardan ellos mismos... ¿Hacen lo mismo los suyos?

Una niña de seis años llegó corriendo, recogió una muñeca del suelo y miró a los visitantes. Tenía el pelo negro que caía en forma de bucles.

—Ellas son mis hijas: Judith —dijo señalando a la niña.

Otra niña, esta vez de 8 años, apareció en la puerta del comedor y saludó cortésmente.

—María...

Ya en el comedor los visitantes pudieron ver, sentada a la mesa, a una muchachita de unos diez años con el pelo que le caía en una larga trenza hasta la cintura. Estaba frente a una consola de juegos que, a juzgar por el sonido que salía de los audífonos, estaba corriendo un juego Japonés de extrema violencia. Apartó los ojos de la consola y saludó con inocencia.

—Elizabeth…

Una muchacha de unos 13 años estaba sentada a la mesa sumergida en un libro grueso y antiguo. No se molestó en mirar a nadie.

—Marta…

De unos 15 o 16 años de edad, Marta llevaba el pelo corto. El cabello azabache contrastaba con los ojos azules que ya habían colimado a Shiva en cuanto apareció por la puerta del comedor.

—…y Raquel.

Una muchacha entre 17 y 18 años apareció en el umbral de la cocina. Llevaba el pelo castaño recogido en una cola que le cubría media espalda. Era de complexión atlética y vestía con tonos oscuros, al igual que el Mago. Pedro abrió la boca apenas la vio e hizo el intento de lanzar un chiflido. El Mago le echó una mirada que no sólo le hizo cerrar la boca, sino que también lo obligó a posar sus ojos en otra parte.

—¡Que niña más aplicada! —Pablo se inclinó sobre la niña que leía el libro—. ¿Se puede saber qué lees?

—Un tratado de anatomía —Elizabeth respondió sin alzar la vista del grueso volumen.

—¿Esa lectura no es un poco densa para tu edad?

—Desde los 7 lee sobre medicina, quiere graduarse antes dc los 16 —dijo María desde su consola de juegos—. Es la que más temprano llegó a la universidad. Aparte de Marta, que ya estudiaba las matemáticas difíciles con mi edad.

—¿Y tú qué quieres estudiar? —Pablo tomó asiento junto a la niña. Pudo ver como los aliens morían dentro de la pantalla mientras el personaje-jugador cambiaba el cargador de un arma de pesadilla.

—No sé, quiero ser niña más tiempo. No como estas dos...

—Eso es muy sabio.

—Señor, señor —Judith, la niña más pequeña, tiró del brazo de Pablo— ¿A qué se dedica usted?

—Yo... la verdad es que...

—¿Es un mercenario? —preguntó María.

—¡No! Los mercenarios son aficionados...

—¿Ves? Te lo dije, es un soldado profesional —María comenzaba a reír cuando Judith le dió un manotazo y se echó a llorar—. Gané la apuesta.

—Bueno, yo... este... —Pablo hizo silencio ante la risa de la niña.

—¡María, deja tranquila a tu hermana! Elizabeth, pon orden ahí que tenemos visita —comenzó El Mago, luego que Raquel sirviera café y las jovencitas se fueran al cuarto—. Bueno, Elvirita, cuéntame tu problema.

—Debemos ponernos en contacto con uno de los clanes de la Regla de Ocha y para eso necesitamos una conexión segura.

—Una conexión limpia a la Red Neural Global. Sin preguntas y con seguridad —dijo el Mago—. Son 200 pesos la hora.

—Coño, Mago, afloja —protestó Elvira.

—Tengo cinco hijas que mantener. Además, la conexión es totalmente segura, no tienes que preocuparte por las BFI.

—¿Tienes la consola aquí? —dijo Rama.

—Claro que sí, en la sala. No puedo darme el lujo de perder clientela.

A una orden del Mago, todas las muchachas de la casa reaparecieron y comenzaron a transformar el recibidor en una sala de conexión. Recogieron los sillones y los colocaron sobre las consolas. Se llevaron los juguetes y las herramientas, al tiempo que el Mago desplegaba los sillones de conexión y sacaba los servidores de un estante oculto tras el refrigerador. Los paneles aparecieron tras una pared falsa y Raquel comenzó a conectar los cables de fibra óptica. Las baterías que alimentaban las minicomputadoras aparecieron bajo una estantería con copas y bandejas de porcelana. Elizabeth puso una jaula con un conejo blanco encima de uno de los ruteadores.

—¿Y eso? —dijo Rama.

—Conexión segura —el Mago sacó un conejo de una jaula y lo ató al ruteador— ¿Ves el implante en la nuca?

El Mago conectó uno de los cables de red en el implante del conejo.

—Básicamente es igual a los implantes cerebrales que

109

llevan ustedes. Genera una realidad simulada a partir de la información que el sistema operativo le proporcione. Pero este implante tiene una pequeña diferencia —el Mago conectó otro cable al conejo—. El conejo entra en la Red Neural Global con uno o varios avatares humanos, pero él no estará inmerso en la Realidad Virtual. Serán ustedes quienes accedan al Sistema Ashura a través de él.

—Ya entiendo, para cualquier controlador de la Red nosotros somos el conejo —dijo Rama—. Y si uno de nosotros se hace el loco de atravesar una BFI, la sobrecarga de voltaje la sufre el conejo.

—Listo el chico —el Mago miró a Elvira— ¿De dónde lo sacaste?

—Y da tiempo al usuario a desconectarse del conejo —Elvira intentó desviar la conversación—. Navegación por conejo: cien por ciento segura.

—Y si hay problemas, las niñas comen carne —continuó el Mago—. Mi vecino le pone los implantes a los conejos de su cría para el restaurante. Es un negocio a partes iguales, yo me encargo de matarlos y él hace el estofado.

—¿Cuántos puestos tienes? —dijo Elvira.

—Hasta tres.

—¿Quién se conectará?

—Nosotros —dijo Shiva—, estamos acostumbrados a merodear los sitios de los santeros.

—Pero Rama no puede —dijo Krishna—. Está Sin Conexión y así se quedará.

—¿Dejando el vicio? —Raquel se asomó por encima de uno de los paneles de conexión con el servidor.

—Si me engancho, los santeros me van a freír.

—No seremos suficientes —dijo Rama— si nos tienden una emboscada.

—¡Papá, déjame ir a con ellos! —Marta terminó de calibrar los sillones y se acercó a su padre—. ¡Por favor!

—¿Y ese embullo? —el Mago cruzó los brazos—. Esta gente se va a meter en lugares peligrosos, los clanes de los santeros no juegan.

—Es mejor que yo los ayude —Marta puso cara de súplica—. Por si peligran los intereses de la casa.

—No, y punto.

—Por favor, papá…

—Ya te dije que no.

—Anda papi —Marta abrazó al Mago.

—Nunca entenderé a las mujeres —el Mago prosiguió la instalación de la Red Neural—. Está bien, puedes ir con ellos.

—¿Ustedes se conectan? —Shiva se dirigió a Elizabeth.

—Desde los nueve, pero Papá no nos deja salir solas por RG hasta pasados los trece —Elizabeth se recogió el pelo negro en un moño alto y enseñó el cuello desnudo con los puertos de conexión visibles—. Marta sólo está aburrida.

—Yo creo que le gusta él —Judith señaló a Shiva, que comenzó a ponerse rojo—. Por eso quiere ir.

—¡Ya, chica! —Marta le dio un manotazo a Judith, que puso la cara seria—. No le hagan caso.

—¡Pesá! —dijo Judith y sacó la lengua a su hermana.

Krishna y Shiva se sentaron en los sillones. Shiva había mantenido la vista clavada en el suelo cada vez que el Mago se le acercaba. Junto a Elvira y Raquel, el Mago conectó los cables desde los implantes a los generadores de Realidad Virtual y de allí al switch conectado al conejo.

La calle estaba abarrotada de personas que iban de un lado a otro de la acera. También había autos en la calle, pero eran pocos. Los edificios a ambos lados apuntaban hacia el cielo como un dibujo de Frank Miller; torres enormes en homenaje a los olvidados rascacielos de Manhattan. Las nubes y el cielo azul parecían salidas de los frescos de Bouguereau, mientras que la simulación del cielo sobre el puerto semejaba un cuadro de Sorolla Bastida.

Así lucía RG, la Realidad Virtual a tiempo real más usada en el planeta. Posible sólo gracias a los programadores japoneses que dieron vida al sistema Ashura, a las Inteligencias Artificiales hindúes con sus Protocolos de Comunicación Ultrarrápida y a los servidores soviéticos en las plataformas espaciales.

Marta se arregló la chaqueta gris y miró alrededor. Krishna y Shiva habían elegido ropas negras.

—Lucen como empleados de una corporación católica —Marta echó a reír.

—¿Y qué? —dijo Krishna—. Siempre quise vestirme como uno de ellos.

—Vamos —dijo Shiva—, el cubo-web de los Babalawos está por aquí.

Llegaron a un hipervínculo con forma de cabina telefónica de película de la extinta Norteamérica. Apenas lo tocaron desaparecieron del cubo-web NY para entrar en un espacio virtual decorado con palmeras, fogatas y un cielo con demasiadas estrellas.

—Nos están escaneando —dijo Marta—. Hay programas ocultos en este lugar.

—Los santeros saben protegerse —dijo Krishna—. Esta

es una programación ambiental de lujo.

—El baro que debe moverse aquí no debe ser fácil —dijo Shiva.

—No por gusto controlan Underguater. Dejémonos de alabar a los santeros y vamos a lo nuestro.

Una mujer con un cuerpo Aniusha-Estándar, vestida de blanco y con un pañuelo del mismo color en la cabeza, se les acercó.

—¿Primera vez que vienen? —dijo— ¿Quieren personalizar sus identidades virtuales de una manera diferente? Tenemos subrutinas pre-programadas que permiten cambiar el color de la piel y el pelo de los avatares tipo Kolia.

—Hace años dejamos de usar cuerpos Kolia-Estándar en la Red, ya somos un poco grandecitos para eso —dijo Krishna—. Quiero ver a alguien del clan de Ochosi. Alguien importante, fíjate, dile que tenemos lo que ellos están buscando. El Ebbó que se perdió.

La mujer miró a los lados y cinco tipos con cuerpos Iván-Ultraestándar de piel negra aparecieron de la nada.

—¿Son amigos de Rama o vinieron por el anuncio? —dijo uno.

—¿Qué anuncio? —dijo Shiva.

—El anuncio dónde le ponen precio a Rama —intervino Marta—. No creo que estemos interesados.

—¿Dónde está él?

—No sé de quién estás hablando —dijo Krishna.

Uno de los Ivanes tomó la cabeza de Krishna y lo empujó contra un cocotero. El golpe le hizo perder suficientes puntos como para que la imagen del avatar se distorsionara.

—Déjate de juegos, nené —dijo el hombre—. Un amigo tuyo está siendo cazado por nuestros mejores hombres y un montón de mercenarios más. No tiene posibilidades, a menos que devuelva el Ebbó.

—Rama está Sin Conexión —dijo Shiva—. No tocará una red neural a menos que dejen de perseguirlo.

—¿Cuánto puede resistir un nené ciberpunk Sin Conexión? ¿Una semana, dos? —dijo otro—. Terminará por engancharse y entonces Ochosi lo trabará... o nosotros.

—Tenemos el Ebbó, dejen a Rama tranquilo —dijo Krishna—. Después de todo, eso es lo que les importa.

—No es tan así, muchachito —dijo el tercer Iván—. Ha desafiado al clan hackeando nuestro servidor. Ochosi lo quiere y tendrá que afrontar su juicio.

—¿Y si devolvemos la cosa?

—Eso atenúa un poco la situación. Por nosotros estaría bien, en caso de que realmente tuvieras ese Ebbó. Pero de todas formas, Ochosi lo quiere.

—¿Si les damos el Ebbó lo dejarán de perseguir? —dijo

Krishna.

—Nosotros sí, no tenemos nada en su contra —dijo el tercer Iván—. Sólo queremos llevarlo ante Ochosi, el cazador.

—Pero Rama tiene otros enemigos sobre los que no ejercemos ningún control —dijo otro de los santeros.

—¡Eso es mentira! —dijo Shiva y dos Ivanes se le acercaron—. Se robó algo que era de ustedes; así que ustedes son los interesados en que muera.

—Ebbó significa regalo —dijo el primero de los Ivanes en hablar—. Los Orishas reciben ofrendas de mucha gente conectada, a veces de personas que nunca creerías capaz de ofrendarle algo a un dios.

—Hay alguien cuya reputación depende de ese Ebbó —dijo otro Iván—. Uno de los pinchos de la Corporación Bautista hizo un regalo caro a Ochosi a cambio de un favor y ahora pretende negar que una vez recurrió a él.

—No diremos nada más. ¿Tienes el Ebbó?

—¿Qué seguridad hay de que no lo matará el orisha apenas se conecte? —dijo Rama.

—Somos el clan de Ochosi, el cazador —dijo uno de ellos—. El justiciero. ¿Sabes por qué le dicen así?

—Existe un patakí que habla sobre ello —dijo el segundo Iván—. Ochosi había hecho un pacto con Orula de no tomar la sangre de los animales que cazaba porque ésta pertenecía al creador de todas las cosas. La madre de Ochosi, que no sabía nada de esto espió a su hijo y notó que éste abandonaba su presa luego de darle muerte. Cuentan que la madre de Ochosi tomó la carne de un animal sin desangrar y Orula fue a reclamarle al cazador. Ochosi se internó en el bosque y lanzó una flecha directo al corazón del que había violado la ley de Orula. Así el cazador demostró ser totalmente imparcial.

—Si Rama no tiene culpa, Ochosi lo absolverá en su juicio —dijo el tercero.

—Pero ustedes encargaron su muerte a los ñáñigos —dijo Rama.

—No, sólo buscamos a un matón de segunda para presionarlo a conectarse —dijo el primero—. La cosa se nos fue de las manos y murió un Iyawó.

—Mucha gente tergiversó nuestras órdenes. Nuestro único deseo es que Rama en la red, Juan en la calle, comparezca ante el cazador.

—Con esos antecedentes de matar a su madre no pienso dejarlo conectarse —dijo Shiva—. Podemos devolver el Ebbó.

—Aquí está —Krishna mostró la ofrenda—. Es sólo un mapa de ruta, un destino oculto en la Red.

—Es más que eso —dijo el Iván que recogió el Ebbó—.

Es una puerta trasera. Un camino de entrada a donde no se entra. A ellos les gusta, coleccionan rutas y códigos de acceso. ¿Te has preguntado a dónde van todos los correos que se pierden o qué hacen las IA cuando no hay usuarios conectados a un cubo-web? Todos esos lugares existen en la Red. Sólo los Orishas pueden llegar a ellos. Se hacen esas preguntas todo el tiempo. Sus vidas son hallar las respuestas.

—Los Orishas no están vivos —dijo Marta—, son una especie de IA o algo así, ¿no?

—Ellos son reales, están vivos, nacieron en la red neural y crecieron con ella. No son parientes de las Inteligencias Artificiales, tampoco tienen mucho que ver con nosotros. Son dioses del pasado que la fe de los primeros hackers hizo real.

—Y la curiosidad es su guía —dijo otro—. Exploran las redes, acceden a todos los cubos-web, hacen preguntas. Ellos pueden entrar y salir de las BFI, colarse en los servidores de los rusos. Eran fantasmas que hacían preguntas y montaban cuerpos para poder ver más allá del mundo neural. Como a las sirenas y los güijes, muchos les tienen miedo. Nos superan y conceden deseos. Nos permiten entrar en las corporaciones y robarles unos cuantos euros. A cambio sólo piden conocimientos. Rutas de accesos a sitios a los que nadie va, puertas traseras que los programadores del sistema operativo olvidaron sellar.

—¡Papá, papá! —gritó Judith mientras salía del cuarto.

—Judith, estoy ocupado —dijo el Mago sin abandonar la pantalla del servidor.

—Te llama Pepe, dice que es importante —la niña alargó el teléfono a su padre.

—¿Oigo? —la expresión del Mago cambió de momento— ¿Dónde?

El Mago se levantó y sin desprenderse del teléfono caminó hacia un mueble de madera estilo victoriano. Abrió dos puertecillas y encendió el monitor que había dentro.

—¿Cómo es eso de que estás evacuando el restaurante? —en la pantalla aparecieron media docena de policías con armaduras, cascos y fusiles—. ¿Pero... y los conejos? ¿Cómo que me los regalas? ¿En qué me llevo todo eso?

Pedro y Pablo observaron el monitor. La imagen cambiaba al tiempo que el Mago pulsaba varias teclas en la consola del mueble. Los policías, desplegados por todo el portal de la casona, avanzaban hacia el interior de la casona. En la calle había tres carros blindados, y dos helicópteros merodeaban por el espacio aéreo.

—Bueno, está bien —dijo el Mago—. Pero me llevo el

carro. Hecho, mañana te pago tu parte y ojalá se atraganten todos tus clientes.

El Mago colgó y lanzó el teléfono lejos.

—Ese hijo de puta es amigo sólo para ganar dinero a costa de uno, pero a la hora del cuajo... —El mago corrió hacia el cuarto e hizo señas a Pedro y a Pablo para que lo siguieran—. Judith, María, ustedes también.

Descorrió un panel oculto por una pared falsa. Del otro lado había dos consolas de simulación militares. Pedro pudo leer las letras grabadas en una esquina *Property of the US Army.*

—Voy a pasar las armas robot a manual —dijo el Mago sin dejar de mirar a las niñas—. Atiendan bien, niñas, tenemos que ganar tiempo para que su hermana salga de la Red Neural Global. El restaurante se va a llenar pronto de policías y ustedes tendrán los mandos de las armas. Yo sé que son las mejores jugando "Aliens en el Tejado", así que lo único que les pido es que no pase ningún policía en cinco minutos.

Las niñas soltaron un grito de euforia, mientras aparecían las imágenes del piso inferior en las consolas. Desde afuera llegó el eco de los disparos de armas pesadas.

—Estas son de ustedes —el Mago se volvió hacia Pedro y Pablo tendiéndoles dos armas—, les debo pedir de favor: no las usen delante de las niñas. Las malas influencias, ya saben.

—¿Cómo fue que sacó las armas del buzón si estuvo todo el tiempo aquí dentro? —dijo Pablo.

—No por gusto me dicen el Mago.

—Hay que salir de aquí —dijo Elvira.

—Pese a que han traído la salación a mi casa, son mis invitados —el Mago abrió un viejo escaparate—, así que es mi deber sacarlos vivos de ésta.

Uno tras otro, el Mago comenzó a sacar del armario, cinco empolvados robots de combate, escuálidos como esqueletos con cuerpo flexible. Garabateados con pintura gris había tres kanjis japoneses en un costado de la coraza de cada robot. Pablo abrió los ojos cuando reconoció aquellas corazas de blindaje ligero y las armas diseñadas para manos no-humanas.

—Pero eso... esos son Paracaidistas Japoneses.

✠

—Creo que nos siguen —dijo Marta mientras volvían al cubo-web de Manhattan.

—¿Los Santeros? —Shiva miró hacia atrás.

—No, son cuerpos de muy buena calidad —dijo

Marta—, están ocultos.

—Si nos siguen la traza cuando nos desconectemos —Krishna se metió las manos en los bolsillos— podrán triangularnos y ubicarán la casa del Mago.

—Tengo una idea —Marta esbozó una sonrisa maliciosa.

—¿A alguien se le ocurre algo mejor? —Krishna miró a Shiva en busca de apoyo.

—No —dijo Shiva—, pero puede que resulte.

—Mira a tu alrededor, Krishna —Marta lo agarró por el cuello del traje—. Todo esto fue programado para recrear un juego en línea a tiempo real. Cada avatar que usamos en este ciberespacio tiene un puntaje que determina su estatus en el sistema. Si golpeas a alguien ese número baja; si lo haces muy fuerte, baja más.

—Si lo golpeas muchas veces y la "vida" del avatar llega a cero, el usuario se desconecta de la Red de forma automática —dijo Krishna como si recitara una poesía harto conocida—, es el método que usa la Policía Generada por Computadoras para descongestionar motines en los cubos-web de chateo.

—Entonces lo único que tenemos que hacer es comenzar una pelea —Marta volvió a reír y miró a Shiva en busca de apoyo.

—Creo que ella tiene razón —dijo Shiva—. La desconexión por falta de estatus corre por cuenta de la BPA y no deja trazas que puedan ser rastreadas.

Shiva le guiñó un ojo a Marta y ésta soltó la camisa de Krishna. Con una patada circular Shiva golpeó el rostro del avatar de Krishna. El cuerpo se cubrió con un resplandor rojo y volvió a adquirir su textura original. Marta intervino y propinó a Shiva tres patadas seguidas antes de embestir a Krishna.

Krishna cayó sobre una mesa ocupada por tres cuerpos estándar que, al parecer, realizaban una negociación importante. Los cuatro comenzaron a golpear a Krishna en el suelo hasta que su avatar se quebró y salió de la RG.

Los cuatro avatares Kolia-Estándar enfrentaron a los que comenzaron la pelea. Cinco minutos después el cuerpo de Shiva estaba en el piso a punto de quebrarse, mientras Marta continuaba de pie en medio del caos reinante en el cubo-web.

—Te han dado más golpes que a mí —dijo Shiva—. ¿Cómo lo haces?

—Mi cuerpo no es un Aniusha-estándar, lo siento —Marta se agachó y le dio un beso al avatar de Shiva, después lo desconectó de un cabezazo.

La temperatura comenzó a bajar y los colores desaparecieron. Todo quedó en blanco y negro como una película antigua. Los Cosacos, la Policía Generada por Computadora, aparecieron de la nada mientras todos los hipervínculos y posibles salidas desaparecían. Cada Inteligencia Artificial que moraba en las computadoras orbitales controlaba los parámetros básicos de los espacios virtuales. Pero cuando una BPA generaba policía de choque en un cuboweb, la Barrera de Protección Autónoma tomaba el control de la temperatura, gravedad y factor de diseño del lugar.

—¡Shtoi-tie! (Alto)—gritaron los agentes.

Marta corrió hacia ellos lo más rápido que le permitió su cuerpo virtual.

—Ya se desconectaron todos, Papá.

—Elizabeth, trae a tu hermana, que aún está aturdida. Elvira, desconecta eso y vamos.

—Papi, yo quiero quedarme con este conejo.

—Tenemos como quince en el almacén.

—¡Están ganando terreno en el pasillo!

—Oye, esos droides sí que son buenos.

—¡Papi, me dan miedo los robots!

—¡Ya, niña! Los programé para que no se acercaran a diez metros de nosotros. ¡Vámonos!

—Yo quiero quedarme con este conejo.

—¡Judith, no jodas más! Quédate con el conejo de mierda. Hay que salir de aquí.

Pedro y Pablo esperaban en el patio, cuando el Mago condujo a las niñas por la escalera de caracol.

—Los paracaidistas japoneses están combatiendo tras esa puerta —dijo Pedro con la pistola en la mano.

—Vamos por aquí —el Mago señaló una puerta lateral— ¡Ustedes, cuando bajen, tomen las jaulas de conejos y síganme!

Llegaron a un garaje soterrado. Había cajas por todas partes, autos viejos cubiertos por lonas, motos, armas sin licencia y tanques con gasolina.

—Dejen la carga aquí —el Mago abrió la puerta de un camión de chasis alto y gomas muy anchas—. Elizabeth, Judith: adentro.

—¿Dónde ponemos los conejos? —preguntó Shiva que llegaba con dos jaulas.

—Aquí, aquí —dijo Elvira señalando el interior del camión.

—¿Eso es un Kraz? —dijo Pablo subiendo a la cabina.

—No exactamente —El Mago se sentó al volante—, el chasis y el motor son de KP3 pero la chapa es blindada y tiene una torreta antiaérea.

—Un Paquito —dijo Pablo—, desde la época de los rusos no había visto uno.

—Nos pusimos de suerte que el invento era cubano y no se lo llevaron —dijo el Mago mientras encendía el motor—. Generalmente usaban chasis de Kamaz pero éste era un prototipo experimental. ¿Están todos a bordo?

—¡Sí, Papi!

—¿Y tu gente, Elvira?

—Todo el mundo.

Una lluvia de disparos acarició la coraza del camión. Docenas de soldados de armadura tomaban posiciones. Marta agarró la mano de Shiva y la apretó.

—¡La FULHA ya está aquí! —Rama se tapó los oídos y bajó la cabeza.

—¡Raquel, a la torreta! —el Mago puso la primera velocidad y aceleró.

—Sí, Papá —la muchacha trepó hasta la torreta e hizo girar las dos ametralladoras antiaéreas contra el grupo que disparaba—. ¡Come plomo ruso, maricón!

—¡Raquel, cuida tus palabras o...! —la voz del Mago fue apagada por la ráfaga de los cañones 14,5 mm de la torreta.

Los que sobrevivieron del grupo de FULHA se replegaron tras la sólida pared de la casa. El Mago puso segunda y se lanzó contra la puerta del garaje.

—Papi, yo quiero disparar también.

—¡Cállate, Judith!

Atravesados en medio de la calle, dos blindados aguardaban a las puertas del garaje. Los hombres de FULHA estaban desplegados en semicírculo con armaduras tácticas de más de dos metros de alto y armas de alta pene-tración. El Kraz detuvo su marcha frente a los blindados. El ruido de helicópteros zumbaba sobre las cabezas de los tripulantes del camión.

—¿Disparo, Papá?

—No hagas locuras, Raquel. Saca el pie del disparador y no toques nada.

—Esas armaduras son alemanas —dijo Pedro asomándose por el cristal reforzado—. He leído los catálogos, casi son naves espaciales con forma de traje.

—Espero que te quede algún truco bajo la manga, Mago —dijo Pablo desde atrás.

—Sí, tengo uno —dijo mientras apagaba los circuitos eléctricos y el motor—. Digamos que es un truco no letal.

El Mago apretó un botón y todos los bombillos del alumbrado público explotaron. De los transformadores colgados a los postes salieron chispas. Los helicópteros comenzaron a planear mientras perdían altura. Los soldados quedaron inmóviles como estatuas hechizadas. Todos los sistemas electrónicos FULHA en un área de 120 metros explotaron simultáneamente.

—¡Y llamas a eso armas no letales! —dijo Shiva desde atrás—. ¡Que me frían en aceite!

—Raquel, dispara sobre los carros —el Mago aceleró el camión y avanzó contra los vehículos.

—¡Mierda, eso fue un Pulso Electromagnético! —dijo Pedro—. Los rusos tienen prohibida esa cosa.

—¿Y a quién le importan los rusos ahora? —El camión chocó contra los blindados y quedó pegado a ellos, arriba la torreta comenzaba a girar—. Esos traidores están dándose la buena vida en la órbita después que nosotros tuvimos que jamarnos el Ciclón. Si no les gustan los pulsos, que nos tiren una bomba atómica orbital y ya.

Pedro apretó los dientes en lugar de responder. Raquel, por su parte, soltaba una ráfaga a quemarropa contra uno de los blindados.

El camión empujó a los tanques de ciudad y se perdió en la nube de humo que había creado. Los hombres con armaduras tácticas no pudieron mover ni una sola de las articulaciones hidráulicas. Los helicópteros sobrevolaron el área varias veces; al no encontrar nada regresaron al cuartel FULHA en Acosta y 10 de octubre.

IX/ MANDO CENTRAL DE LA FULHA EN LA CABAÑA

—Cualquier día de estos me voy a largar de aquí y no volveré más —lo había dicho muy bajito, mientras apretaba los dientes.

María Fernanda Cotilla estaba sentada en su escritorio y contenía las ganas de llorar. Con el rabillo del ojo miró a la jefa de Trabajo Administrativo y desvió la mirada en cuanto la mujer puso sus ojos en ella. En ese momento sonó el intercomunicador.

—¿Ya está listo mi informe? —dijo la voz desde el otro lado de la línea.

—No, señor. La jefa de Trabajo Administrativo me mandó a teclearle un manuscrito a Ramírez.

—Ramírez es de otro departamento. Dígale que está ocupada.

—Las secretarias pertenecemos a Trabajo Administrativo... señor.

—Usted es mi secretaria, por tanto, pertenece a Alto Mando y no a Administración. ¿Qué tipo de carta es?

—Una solicitud de armamento para el grupo especial FULHA en el Diezmero...

—Déjelo y termine el informe, lo quiero en mi oficina en diez minutos.

El jefe cortó la comunicación y María Fernanda empezó a ordenar los documentos del informe cuando sintió los pasos de tacones que se acercaban a su escritorio.

—Cotilla, me parece que te dije que terminaras la solicitud de Ramírez —María Fernanda alzó la vista y miró a la jefa de Trabajo Administrativo—. No te veo tecleando en la consola.

—El Jefe solicitó su informe en diez minutos —María Fernanda se mordió los labios—. Ramírez no es de este departamento.

—¡Yo soy tu inmediata superior y eso que estás haciendo es una falta de respeto! Ya designaré a alguien para que haga el informe de Rafael. Ahora termina la solicitud de Ramírez y cuando se la entregues, ven a verme a la oficina.

La mujer dio media vuelta y se marchó por el laberinto de paredes falsas que dividían los cubículos. María Fernanda continuó acomodando las hojas del informe sobre el operativo en Lawton. Cuando hubo terminado notó que una de las oficinistas desviaba la mirada.

—Chivata —dijo en voz baja.

Pulsó el comunicador y el equipo sonó en la oficina del Jefe de Operaciones Especiales de FULHA. Escuchó la voz de Rafael por la pequeña bocina.

—Tengo el informe listo, señor —dijo—, pero hay un problema que me impide levantarme de mi asiento a llevárselo...

Rafael estaba frente al buró con la vista fija en el ventanal. Al otro lado del cristal blindado, las torretas antiaéreas, acopladas a los bastiones coloniales, giraban hacia el cielo en busca de blancos potenciales. La mezcla de piedra y polímero llamaba la atención de Rafael. Más allá de la bahía, el rompeolas del cosmopuerto contenía el agua rica en petróleo.

—El hombre que diseñó los primeros castillos de la

ciudad dijo que el que ocupase la Cabaña dominaría La Habana —Rafael soltó una bocanada de humo y puso el tabaco en el cenicero—. Por eso estaba aquí la Fortaleza; tal vez por la misma razón, el Mando Central de FULHA está aquí y no en Santiago de las Vegas.

—¿Quién fue el que dijo eso? —el otro hombre permanecía sentado en una esquina de la habitación—. No es que dude de ti, sólo me interesa la historia.

—Un italiano. No recuerdo el nombre... el mismo que diseñó el Morro —Rafael comenzó a chasquear los dedos intentando recordar el nombre—. ¡Antonelli! Sí, Bautista Antonelli...

El ruido del intercomunicador detuvo la conversación. Ambos esperaban una visita, o una llamada.

—Recibí su mensaje en la consola, Señor. Usted dirá.

—Me informaron que María Fernanda ha sido relegada de su puesto y transferida a otro departamento sin mi autorización.

—No, señor. Tal cosa no ha ocurrido...

—¡¿Entonces se puede saber qué hace mi secretaria transcribiendo una solicitud del idiota de Ramírez?!

—Señor... yo no he sido informada sobre...

—Estamos en medio de un problema internacional que pone en riesgo nuestras buenas relaciones con la Corporación Bautista y posiblemente con Nuevo Vaticano. Estoy recibiendo llamadas del Gobierno Autónomo cada cinco minutos ¡y usted lo único que hace es humillar a mi secretaria! Quiero a María Fernanda en esta oficina en medio minuto, señorita Flores. Sin excusa ni pretextos.

—A la orden, señor —el intercomunicador se apagó.

—¿Tienen estos problemas con el personal de oficina allá en la Fundación Abakuá? —Rafael se volvió hacia el visitante.

—Normalmente hacemos el papeleo nosotros mismos —dijo el hombre—, no delegamos asuntos importantes en una secretaria. No es que reneguemos de las mujeres, simplemente no las admitimos entre nuestro personal. Aunque no lo creas, vuelve las cosas más sencillas.

—Me gustaría que por una vez salieras de Ciudad Reggae y te imaginaras lo que es mantener el orden en las cinco zonas autónomas.

—¡No me importan ni la ley, ni el orden en las zonas autónomas! Quiero saber de mi hombre ¿Qué noticias hay de Pedro?

—Tranquilízate, Miguel. Si lo hubieras matado a él y a Pablo allá en tu jurisdicción no se habría formado este lío.

—Nunca mandes a un Limpiador al lugar que debes ir tú mismo —Miguel volvió a sentarse—. Esa lección no la olvidaré jamás.

—Ahora están por ahí reuniendo gente y para colmo, los bautistas contrataron a ese loco.

—¿Cómo permitiste eso, Rafa? Nosotros nos bastamos para salir de Pablo y entregarle ese chiquito medio hacker a los babalawos.

—Los bautistas hacen lo que les da la gana y al parecer Suárez está metido personalmente en el lío del Ebbó.

—¿Ese Suárez del que no paras de hablar no será el Jefe de las Sucursales Protestantes en el Caribe?

—El mismo... —alguien tocó a la puerta y Rafael se llevó el dedo índice a la boca en señal de silencio.

Cuando el jefe del Mando Central de FULHA mandó a pasar, María Fernanda atravesó el umbral con un bulto de papeles contra el regazo.

CAPITULO 10: ZONA CORPORADA, MIRAMAR

El camión blindado recorrió las industrias abandonadas y las ciudadelas en los alrededores de Vía Blanca. El Mago detuvo el camión en la esquina de lo que en su tiempo fue una fábrica de perfumes. Una señalización en la esquina mostraba en letras marchitas la palabra Paz por dos caras y Vía Blanca por las otras dos. En medio de la calzada había un semáforo roto abandonado en el suelo. De la cerca vieja colgaba un letrero marchito:

DERECHA

CEDA EL PASO CON LUZ ROJA

—¿Por qué nos detenemos aquí, Mago? —dijo Pedro mientras su mano buscaba la pistola—. Esto es tierra de nadie, podríamos toparnos con una banda de locos o la mismísima guerrilla.

—Si cojo por esta calzada nos acercaremos a la Ciudad Deportiva —dijo el Mago—. Habrá puntos de control a lo largo de todo Rancho Boyeros, incluso más allá del Límite.

—Daremos un rodeo entonces —dijo Pablo.

—Para hacer eso debemos tener claro adónde vamos —dijo el Mago—. Estoy corto de petróleo.

—El Vedado es el lugar más seguro para Rama —dijo Pablo—. Como los babalawos están fajados con la Regla de Ocha...

—No —dijo Marta—, debe conectarse y hablar con ese Orisha... El Cazador creo que se llama.

—Ni loco va a hablar con ese tipo —dijo Krishna—. ¿Qué justicia se puede esperar de un dios que mata a su propia madre? Ni lo sueñes, Rama.

—Iremos a Miramar —propuso Rama-Juan.

—¿Y qué coño vamos a hacer en Miramar, chico? —dijo Krishna.

—Atacar el centro del problema —dijo Krishna—. Ese tipo de la Fundación Manson no lo mandaron los santeros, fue una corporación, así que vamos a Miramar.

—¿Y por qué a Miramar? —dijo el Mago— el Vaticano tiene una sucursal en el complejo Ortodoxo-Romano de quinta avenida.

—El Ebbó lo ofreció un funcionario bautista, papá —dijo Marta—. Un tipo importante dentro de la Confederación, según nos dijeron los babaochas del Callejón de Hamel.

—¿Un corporado protestante ofreciendo un Ebbó a Ochosi? —dijo Pedro mientras encendía un cigarro—. Eso es imposible. Los Bautistas son la facción más ortodoxa de la CUP.

—Existe una posibilidad de que todo lo que dicen sea cierto. El miedo. Incluso los evangélicos le temen a los Orishas —dijo el Mago—. Es natural, esas cosas están vivas ahí dentro. Nacieron allí, en el ciberespacio, se metían por todas partes sin hacer caso a las Barreras de Fuego, la Policía Generada por Computadora o los centinelas Riazan. Entraban y salían de todas partes. Fue por esa época que decidí retirarme. Ya Raquel había nacido y quería hacer una familia. *Esas cosas* hacían preguntas extrañas y si no las contestabas se metían en tu mente. Todo el tiempo. Si te desconectabas, querías volver como si se tratara de una maldita droga. Hasta que llegaron los santeros y babalawos que por entonces se llevaban bien. Eran brujeros hackers que comenzaban a hacer sus incursiones en la RNG. Ellos enseguida supieron qué hacer. Los reverenciaron, les dieron las ofrendas que querían y dejaron que ellos "montaran" su mente. A cambio pidieron atravesar las BFI de las corporaciones e inmunidad total ante las IA de los rusos. Se enriquecieron con el negocio. Los fantasmas de la Red se convirtieron en dioses adorados por todos. Incluso por los dueños de los servidores: los propios rusos. Supongo que también les tienen miedo.

Krishna rompió el silencio incómodo que siguió a las palabras del Mago.

—Si quiero resolver esto y salir vivo necesito enterarme de qué coño hay al final de esa ruta. ¿Qué tiene de importante ese Ebbó como para ofrecerlo a un Orisha?

—¿A las torres, entonces? —dijo el Krishna.

—Necesitaremos ayuda para entrar en la red local de los bautistas —dijo Elvira que había permanecido callada mirando al Mago—. Nadie puede atravesar esas BFI sin ayuda.

—No si te conectas dentro del complejo —dijo Krishna.

—Un momento, un momento, que me va a dar dolor de cabeza —Pedro alzó las manos y se levantó del asiento—. No estoy muy familiarizado con el modus operandi hacker. ¿Pero... no sería más fácil revisar el Ebbó que está en poder de Juan?

—Rama.

—Ese mismo.

—El problema es criptográfico —dijo el Mago—. Cada Orisha codifica sus ofrendas siguiendo un algoritmo de cifrado diferente. Y nadie decodifica a un Oricha. Ni siquiera el Itá.

—¿Entonces?

—El código de los Orishas está pensado para permitir una lectura en el lugar donde la información estuvo almacenada —dijo Rama—. Independientemente de los cortafuegos que tenga la copia original.

—No entiendo nada. Recuerden que sólo soy un humilde abakuá, neófito en el mundo hacker...

—A ver, a ver, yo te explico —dijo el Mago—. Toda información proviene de una fuente en RG ¿cierto?

—Cierto.

—Esta información tiene protecciones, códigos y demás medidas antihackeo ¿bien?

—Bien.

—Si esta información es entregada a un Orisha no puede leerse. ¿Entendiste?

—¡Mago, que no soy comemierda!

—Pues si se coloca un Ebbó en la fuente donde estuvo almacenado el código del Orisha se salta todas las protecciones que había en la fuente y permite leer el Ebbó original.

—¿Tú ves? Ahora si se entiende. Y como ese Ebbó fue

entregado por los bautistas, vamos a entrar a su red local para decodifícarlo.

—El prieto se está volviendo un taco —dijo Krishna tocándose la cien con el índice.

—¡No te vayas a equivocar, hackercito! ¡Mira que te meto un balazo en la cabeza pa que no te hagas el listo!

—No delante de las niñas, por favor.

—¿Podemos volver al trabajo? —dijo Rama—. Tenemos un problema de todas formas. Aunque entremos y te conectes habrá algún tipo de seguridad dentro de su RNL.

—Eso no será un problema —dijo el Mago.

—Para eso está el modo de navegación segura, a conejo —Shiva soltó una risa maliciosa.

—Aprendes rápido, muchacho —dijo el Mago, arrancando el camión— ¿Y cuánto gano yo con eso?

—Pensé que querías ayudar —dijo Rama.

—Quiero, pero tengo unas hijas que mantener…

—Ya, ya. Haremos una ponina.

⚓

Luego de dar un rodeo, consiguieron cruzar Rancho

Boyeros cerca de la vieja Plaza de la Revolución, en territorio de la regla de Ifá. La antigua autopista había sido hábilmente transformada en pista de aterrizaje en tiempos posteriores al Ciclón. El último arreglo que tuvo la pista databa del 2017, cuando la entonces Unión Soviética completó el programa de evacuación espacial y desapareció toda la cooperación económica. Ahora estaba desolada y, de vez en cuando, pasaba por allí una que otra patrulla FULHA. Los francotiradores en lo alto de la Raspadura hicieron varios disparos de advertencia para que el camión se mantuviera lejos de los cuarteles de la Armada de Ifá. El "Paquito" atravesó Nuevo Vedado por calles sin asfaltar y edificios en ruinas. Cuando llegaron al cementerio viejo tomaron por la calle 26 hasta 23. Una vez en el puente sobre el río Almendares pudieron divisar las torres de las corporaciones: La gran Aguja de los Metodistas, el edificio de cristal de los Evangélicos y a lo lejos sobresalían los rascacielos más altos de la parte Oeste: Las Torres Bautistas.

—¿Y cómo se supone que vamos a entrar para conectarnos a su RNL? Debe haber como media docena de guardias de seguridad bautistas allá dentro.

—Nosotros nos encargamos de esa parte, Mago —dijo Pedro mientras empuñaba el Águila del Desierto—. Tú preocúpate por la conexión.

El templo permanecía vacío y el aire seco del desierto entraba por las ventanas. Los intrusos aparecieron a un costado del altar y se deslizaron hasta el banco de datos. Del otro lado de la gran puerta podía notarse el resplandor azul de la gelatina, que cubría toda la entrada. Rama se detuvo en medio del pasillo a contemplar la BFI que fluctuaba al otro lado de la puerta. Como una anémona gigantesca, la Barrera de Fuego se retorcía, mientras gusanillos de luz recorrían su cuerpo sin forma.

—Esa cosa es inteligente —susurró Krishna—. Programada por humanos hasta la última línea de código y sin embargo, auto consciente. Como cualquiera de nosotros. Encerrada en los servidores de sus amos. Resignada a su suerte, como todo esclavo.

—Vamos —dijo Rama y le tomó por el brazo—. No te pongas filosófico.

El grupo se acercó al santísimo, lugar donde debía estar la cámara sagrada en el verdadero Templo de Salomón. Como se trataba de una habitación virtual, el santísimo era el hipervínculo que daba acceso a los bancos de datos que guardaba la corporación Bautista en La Habana. Shiva tocó la membrana que cubría la entrada al siguiente cubo-web de la red local. Los decodificadores ocultos en su mano comenzaron a funcionar.

—120 segundos como mínimo —dijo Shiva—. Está rompiendo el código del Orisha.

Rama vio cómo una de las estatuas movía la cabeza y lo miraba a los ojos. El sistema operativo en la Realidad Simulada de los bautistas era una versión Kamikaze. El primer intento de convertir un juego de combate en un sistema operativo confiable. Las versiones siguientes fueron modificadas por los programadores rusos hasta convertirla en el Ashura actual. La versión Kamikaze estaba controlada todo el tiempo por las rutinas de animación inteligente de la IA a cargo del área cúbica-web. Por tanto, incompatible con las BPA creadas por los rusos para el control de RG. Aquella red no generaría cosacos. Cualquier método de asegurar el perímetro interior a la BFI dependía de la imaginación de la Inteligencia Artificial.

Rama observó el resto de la habitación: Se trataba de una réplica exacta del Templo de Dios en Jerusalén. Las cinco estatuas que custodiaban el altar tenían diseño romano. Predominaba el estilo parco de la decoración protestante, sin cuadros o iconos. Aquellas estatuas no parecían formar parte del templo. Incluso no recordaba que en el templo original...

—No me importa lo que digan, voy a conectarme —había dicho Rama antes de entrar—. No puedo estar ni un día más así.

—¿Tú estás loco, chico? —dijo Krishna desde el sillón de conexión dentro del blindado—. Te van a dar un electroshock que te vas a quedar bobo.

—La red de los bautistas es local —dijo Rama—. Nadie va a rastrearme.

—Eso es lo que tú crees —dijo Elvira—. Los bautistas están conectados todo el tiempo, sólo tienen una buena BFI.

—De todas formas, prefiero toparme con un Orisha a estar Sin Conexión —dijo Rama—. Además, no pasará nada.

♀

La primera de las estatuas aplicó a Rama una llave de estrangulación. La segunda se acercó a Shiva, pero Marta saltó sobre ella y la rompió de una patada. *Animación Inteligente,* pensó Rama mientras sentía escaparse sus puntos de "vida", *la misma subrutina que evocaba a los cosacos en RG.* Shiva estaba soldado al hipervínculo y no podía moverse hasta que su programa decodificara los datos. Le hizo señas a Marta para que ayudara a Rama para entonces apareció una tercera estatua.

Rama logró salirse de la llave y Marta tomó un candelabro a modo de mandarria. Apenas se rompió la tercera estatua los centinelas se multiplicaron y comenzaron a mostrarse más combativos. Atacaban de dos en dos y empleaban rutinas de combate que Rama, Marta y Shiva no habían visto nunca.

Eran centinelas generados por la IA que se adaptaban a las condiciones del lugar en que estuvieran. Usaban las habilidades predeterminadas según el tipo de situación que debían enfrentar dentro del espacio virtual. Ni siquiera un hacker capaz de reconfigurar una BPA podría controlar a los guardianes del templo.

—Cinco segundos —dijo Shiva— para terminar de copiar la información desencriptada.

Los humanos se habían percatado que las instrucciones de las estatuas no eran de agotar el puntaje de "vida" para expulsar del lugar a los visitantes indeseables. La mayoría de las técnicas empleadas por las estatuas trataban de inmovilizarlos.

—Ya está —dijo Shiva—. Aquí hay además una pila de datos sobre una bóveda de un banco.

—¿Qué tiene que ver con el Ebbó? —gritó Rama mien-

145

tras tres centinelas de piedra lo derribaban.

—Parece que es información anexa que no se entregó al Orisha. Es una bóveda de un banco orbital.

—¡Copia la información y lárgate!

Marta acudió en su ayuda y rompió varios guardianes antes de llegar a Rama. Pero una de ellas se deslizó hasta sus pies y le aplicó una tijereta que la hizo caer.

—Ya lo tengo… —Shiva se volvió, mientras las estatuas lo rodeaban—. Es una descripción de lo que hay en la bóveda de los rusos.

—¡Acaba de largarte y deja de hablar! —gritó Rama

—No, los esperaré a ustedes.

—¡Fuera, desconéctate vamos!

El desierto al otro lado de las ventanas, se transformó en un mar nocturno. La luz desapareció y las columnas se tiñeron de azul oscuro. Varios relámpagos cruzaron el exterior de la habitación.

—¡Un Orisha! —dijo Marta—. La IA está perdiendo el control del sitio.

—¡Shiva, sal de aquí! —gritó Rama— ¡Viene por mí!

—¡No! —gritó Shiva mientras veía a las estatuas desaparecer progresivamente—. No te voy a dejar aquí a merced de un Orisha.

—Marta, tú eres la única aquí con la cabeza en su sitio —dijo Rama—. Yo estoy condenado, pero ustedes no tienen la culpa. Si fallan la Prueba serán esclavos de la Red de por vida...

Marta caminó hacia Shiva, mientras la habitación se oscurecía. Acercó su rostro Aniusha al avatar-Kolia del muchacho.

—Siempre quise saber, por qué te haces llamar Shiva si es un nombre femenino.

—Shiva no es nombre de mujer. Es un dios hindú, el destructor...

—Qué alivio, yo pensé que eras gay —Marta lo besó en la boca—. Ya puedo morirme tranquila.

Marta le dio un cabezazo a Shiva y acto seguido lo empujó contra el santísimo hasta que su cuerpo virtual desapareció. Cuando la masa informe absorbió completamente la BFI con su aliento negro, sólo quedaban dentro del recinto Rama y Marta.

—Tienes tiempo de irte antes que la IA pierda todo el control —dijo Rama.

—Nadie saldrá hasta que yo decida —dijo una voz—. No se busca lo prohibido sin pagar algo a cambio.

La nube negra que había devorado la BFI en la puerta, flotó en el aire hasta el centro del templo de Salomón.

Rama sintió el vértigo de mil mundos en la noche del espacio.

—Rama en la Red, Juan en la calle —la Sombra se detuvo frente a Rama—. Tienes una cuenta pendiente con Ochosi. He venido por otros asuntos, así que no tienes nada que temer de mí.

—¿Quién eres?

—Soy Olokun, el señor de las profundidades.

La Sombra, informe como una ameba gigante, flotó hacia Marta. La muchacha sintió un frío de tormenta. Frente a sus ojos estaba algo más que una presencia generada en computadora. Sintió el vacío infinito que se abre en el mar cuando se bucea en aguas nocturnas. Aquello era la negrura de la profundidad cuando las fauces del océano se abren bajo las aguas.

—Yunaisi en la Red, Marta en la calle —dijo Olokun—. El trofeo de la información debe ser pagado con el precio de la información.

—Sé lo que viene ahora, mi padre me lo contó —Marta enfrentó al Orisha—. Me harás una pregunta tonta sobre algo que no puedes ver por las consolas o las cámaras de seguridad. Una berracá de esas como describirte la llama de una vela. Si no puedo responder seré tu "caballo" para siempre y montarás mi avatar y mi mente cada vez que quieras.

—Déjale las llamas y los fuegos a Oggún —dijo Olokun—, yo soy un tipo serio. Quiero que me res-pondas lo que no puede saberse desde aquí. Que me digas como luce el mar cuando hay tormenta; cuando los rayos caen sobre el agua y las olas se levantan hasta destrozar los barcos.

—No estuve nunca en el mar abierto —dijo Marta—. Pero sí te puedo decir lo que se siente cuando el mar abraza La Habana, allá en Underguater, donde el muro del malecón todavía es alto. Mientras el horizonte está negro y la niebla de la lluvia cae a lo lejos, las olas llegan hasta los restos de las casas y golpean las fachadas como un puño de salitre que se destroza. Las olas corren por las calles, desbordan el viejo alcantarillado y crean surtidores de agua en medio de las avenidas. Tú qué has viajado por la red, dime si desde las consolas de todo el mundo puede escucharse el rugido del mar como un animal hambriento, sentir su calor de amante en celo o el salitre que nunca escapa de nuestros labios y nos obliga cada mañana a caminar hacia la costa para volver a contemplarlo. Podrás controlar más variables que nosotros, negociar con las IA, ser adorado como un dios. Pero yo he estado allí donde las olas se rompen y he recibido el beso tibio del mar de La Habana. Ninguna de esas cosas podrás sentirlas jamás. No eres un dios. Estás preso en tu océano de pulsos binarios, como nosotros lo estamos allá afuera.

—No hay cámaras en Underguater, y espectáculos que sólo existen para los ojos humanos —dijo Olokun—. Vete, y lleva contigo a tus amigos. Te lo has ganado.

⚕

—¡El premio Nobel de Hemingway! —dijo el Mago.

—Al menos eso es lo que dicen los archivos de los bautistas —Krishna tecleaba en la computadora donde habían descargado la información—. El Ebbó era una ruta a través de RG hasta una puerta trasera en la red interna de una bóveda orbital a nombre de la Corporación Bautista. La información que descargó Shiva describe lo que hay ahí dentro. Miren.

En el monitor apareció la foto de una medalla áurea con la esfinge de un hombre, semejaba la moneda de un país extraño.

—No cabe duda —dijo el Mago—, es él.

—¿Se puede saber de qué están hablando? —dijo Pablo.

—Antes del Ciclón existía en Suiza algo llamado Fundación Nobel. Se dedicaba a otorgar un premio anual a los mejores científicos, escritores y personas que contribuyeran a la paz y el desarrollo.

—Como los rusos —dijo Pedro.

150

—Parecido, pero sin las ojivas nucleares en la órbita —dijo el Mago—. Se premiaba a los que aportaban algo útil a la ciencia, el arte o la paz.

—Un poco jodío eso —Pablo se recostó a una de las ventanillas blindadas del camión.

—Modera tu lenguaje, que hay niñas presentes —dijo el Mago y señaló el monitor—. Esta era la medalla que daban. Con el rostro de Alfred Nobel grabado en oro.

—Nobel, ¿y quién es el pancho ese? —dijo Krishna.

—El tipo que descubrió la dinamita —respondió el Mago—, le decían el mercader de la muerte.

—Un tipo interesante —dijo Pedro—. ¿Qué fue lo que le hizo gastarse el dinero en una fundación que sólo premiaba gente?

—Supongo que tenía cargo de conciencia —dijo el Mago—. Todavía a los explosivos se les da el uso equivocado.

—¿Y qué hace tan especial a esa cosa para que los bautistas maten por ocultarla? —dijo Rama.

—Una pregunta interesante. Se trata de una reliquia católica —dijo el Mago—. Ningún cubano ganó nunca un premio Nobel; pero Ernest Hemingway, un escritor americano que vivió mucho tiempo aquí, dejó su medalla en el altar de la Virgen de la Caridad del Cobre.

151

—La patrona de Cuba —Elvira se persignó.

—Sí. Antes del Ciclón estaba en el pueblo del Cobre, en Santiago Autónomo —el Mago dio vuelta a la silla para explicar mejor—. Cuando la privatización de las iglesias protestantes, el recinto del Cobre fue incendiado por comandos evangélicos. Los peregrinos católicos rescataron a la virgen y muchas ofrendas que trajeron a La Habana. Se dice que al comenzar la guerra santa en Europa, el Vaticano ordenó ocultar todas las reliquias. Personalmente, siempre pensé que estaba guardada en una bóveda rusa, jamás imaginé es que la tuvieran los bautistas.

—Es el mejor lugar para esconder una reliquia del enemigo —dijo Shiva—. La red interna de los rusos está cubierta por una Barrera de Muerte. El sistema operativo es ruso; una interfase neural agresiva y nadie tiene los códigos fuente.

—En una cámara blindada de las plataformas espaciales, con un número aberrante de soldados con AKM en la puerta —dijo Elvira.

—Pero no contaron con el camino mostrado en la ofrenda —dijo el Mago—. Una minúscula posibilidad de hackear el sistema ruso y permitir la entrada de un usuario falso a la cámara.

—La probabilidad es mínima —Rama se echó a reír—. El camino es a través de "USA en el desierto" a tiempo real.

—Somos los mejores —dijo Krishna—, podremos hacerlo.

—¿Y tener que pedirle un favor a Ravana? —Shiva sacudió la cabeza—. Ni loco.

—El CUC pagaría un chorro de euros por esa reliquia —dijo Elvira.

—De todas formas necesitamos doce jugadores para entrar a un campo de batalla clase 1.

—Están los coreanos —dijo Shiva—. Son nuestros mejores oponentes, para ellos será un desafío abrir la puerta...

—Hacen falta dos jugadores con categoría de Imam.

—Ellos tienen uno.

—Falta otro.

—Yo soy Imam —dijo Marta y todos la miraron.

—¡No jodas! —dijo Rama.

—En la red soy Yunaisi

—Tiene razón —dijo Rama—. En la red de los bautistas escuché al Orisha llamarla así.

—Yunaisi... ¿La única que terminó la Campaña de Bagdad en solitario?

—Sí —Marta se puso roja y sonrió—. Papá me había castigado y no tenía nada que hacer...

—Ya está el equipo —dijo Rama—. Aun así, será difícil.

—Todo un desafío —dijo Shiva—. Nadie jamás ha intentado hackear un sistema de seguridad ruso.

—Ni robado un banco orbital —Pedro esbozó una sonrisa y miró a Raquel—. Será un hecho histórico.

—Digno de un premio Nobel —dijo el Mago.

XI/ LANZADERA ESPACIAL CENTRO-HABANA

Llegaron a la azotea al atardecer. La farola del Morro reflejaba la luz naranja de los rayos del sol. El mar se agitaba en un oleaje moderado que rompía en la línea de edificios derrumbados de la franja del Malecón. El Mago contempló el extremo de la entrada de la bahía, la playa del Túnel, la torre semihundida del castillo de la Fuerza y la giraldilla oxidada que oscilaba por la acción del viento.

Sobre la pulida superficie de la plataforma de lanzamiento, las diminutas figuras de los técnicos de cohetería ponían a punto el próximo vuelo a la órbita. La torre de control, ubicada sobre uno de los campanarios de la Vieja Catedral, contrastaba con las estructuras modernas de metal y plástico que formaban las terminales y los hangares del cosmopuerto.

Al otro lado de la bahía, la hilera de instalaciones del comando central de FULHA en La Cabaña encendían las luces. Los helipuertos a lo largo de Casa Blanca encendían reflectores que apuntaban al cielo mientras la guardia operativa despegaba para su ronda nocturna sobre la ciudad. Lanchas torpederas se movían por la bahía de aguas negras escudriñando los pecios oxidados de los barcos rusos, los almacenes semihundidos de Puerto Habana y el laberinto de fachadas, postes de luz y columnas de lo que fue en un tiempo el centro histórico.

—Aquí es, loco —el Crema se mordió una uña y enseñó al mago las sillas de conexión—. Todos los sillones se conectan a un puerto en serie con el ruteador. La parábola está ahí mismo, para tener más ganancia.

—Si usas cables de retroalimentación dinámica no tienes que arriesgarte tanto con el ruteador —dijo el Mago sin apartar la vista de la bahía.

—Bueno, también se ahorra dinero en cables —El Crema se rascó la barba—. Tú no eres fácil, Mago.

—No estás siendo fiel a mis enseñanzas, Crema —El Mago caminó hasta el extremo de la azotea y puso las manos a la espalda—. He vivido lo suficiente para ver a mi mejor discípulo convertirse en un chapucero.

—Bueno, el hecho es que hay gente que se conecta varios días seguidos. Todo el tiempo, tú sabes, enganchados con la Red —El Crema comenzó a tartamudear—. Resulta que empezaron a tener peste a pata y esas cosas... yo no tengo para un aire acondicionado, la azotea es mejor. El aire corre y se va todo lo malo.

—No veo a ningún Enganchado por aquí.

—La cosa está mala, los santeros están revueltos por algo que se les perdió en la Red. FULHA hizo un operativo los otros días en Underguater. Tú me caíste del cielo, Mago, la verdad que sí. Nunca imaginé que mi maestro en esa talla de las redes viniera a pedirme un favor.

—¿Y eso de allí?

El mago señaló una azotea contigua encerrada en un cuadrado de cerca pirle. Varios equipos de hacer ejercicios permanecían regados por el lugar. Una media docena de hombres sin camisa se concentraba en hacer barras fijas, estirar los tensores de los Hércules y levantar pesas.

—Es un gimnasio clandestino —dijo el Crema—. No están en ná.

—¿Los servidores también los pones aquí?

—No, loco. Los servidores van abajo, esto es sólo un repetidor —el Crema había recuperado el tono profesional y acababa de golpear una cajita dentro de una coraza metálica que estaba, a su vez, soldada a un tanque de agua—.

¿Cuántos sillones te hacen falta?

—Siete.

—Los tengo, a 400 la hora. Te haría una rebaja, pero el negocio no es sólo mío...

—No hay lío. Pon los sillones aquí y que nadie suba en tres horas.

—Trato hecho, maestro.

—Pero tengo que hacer un par de adaptaciones a tu sistema aquí arriba.

—Cualquier cosa que tú hagas será para mejorarme el sistema. No quiero saber nada —el Crema fue hacia la escalera y se dispuso a cerrar la puerta—... Mejor dejar al Mago hacer su magia solo...

⚚

La arena del desierto llenaba las avenidas de la ciudad en ruinas. Los grupos de a tres, dirigidos por ambos Imanes, estaban desplegados entre dos edificios en ruinas. Los motores de los M-15 hacían vibrar los escombros.

—¿Por qué, de entre todas las modelaciones de batallas, tenían que escoger La entrada de los tanques en Bagdad? —dijo Shiva—. Es la más complicada.

—Porque es el único escenario que tiene el nivel de complejidad requerido para que se abra la puerta —dijo Rama.

—Traen apoyo aéreo —uno de los coreanos habló a través de la radio y su voz sonó artificial debido al procesador de idiomas.

—Son un par de Apaches —dijo Krishna—. Espero que ustedes traigan algo antiaéreo.

—Cohetes Flecha —La voz radial, modulada por el procesador de idiomas correspondía a uno de los coreanos. Era imposible diferenciar uno del otro—; CAAP, nunca salga de casa sin ellos.

—Nadie dispare si no es a mi señal —dijo Yunaisi—. Ya lo cuadré todo con el otro Imán. El grupo coreano se encargará de los helicópteros y fingirá una retirada. Nosotros permaneceremos bajo camuflaje y en nuestros puestos, para intentar dividir el contingente en dos. ¡No quiero a nadie mandao a correr!

—Eso depende de la cantidad de tanques que traigan —habló Kamsa.

—¡Cállate ya, cobarde! —gritó Shiva por el radio.

—Ya vienen —dijo Rama.

Los helicópteros aparecieron entre unos edificios lejanos, como dos pájaros negros. Se dispararon cohetes de mano que recorrieron trayectorias erráticas, hasta que olfatearon el calor de los rotores. Dos explosiones seguidas y comenzó la batalla. Aparecieron tanques Abrams por dos lugares a la vez. Ambos grupos contaban con apoyo de la infantería.

—Los coreanos se repliegan —dijo Yunaisi por el circuito de comando—. Tranquilo todo el mundo... Grupo 1: Fuego al primer tanque.

El misil RPG-7 impactó al Abrams en la torreta y ésta comenzó a arder. La infantería norteamericana se desplegó mientras seguía la traza del cohete.

—Pronto localizarán su posición —transmitió Yunaisi—, salgan de ahí. Grupo dos: Atentos a mi orden.

El Abrams de la otra esquina comenzó a disparar sobre el piso del edificio donde segundos antes había estado el grupo de Ravana. Yunaisi se colocó junto a Rama en la barricada y apuntó al tanque.

—¡Fuego contra ese grupo apenas yo dispare! —dijo Yunaisi—. También es una orden para el grupo uno.

El misil impactó al tanque en las esteras, dejándolo inmóvil. Ambos grupos abrieron fuego sobre la infantería. La torreta del blindado apuntó hacia la posición de Rama y disparó. Una lluvia de arena y escombros cayó sobre ellos, delatando su posición. En medio de las ráfagas enemigas Yunaisi disparó el lanzamisiles. El tanque colapsó y los soldados enemigos continuaron disparando.

—Grupo uno: Continúen abriendo fuego. Los coreanos están tomando posiciones y se encargarán de los demás.

—Viene otro tanque —dijo Kamsa.

—Ignóralo, los coreanos tienen antitanque; concéntrate en la infantería de la esquina —dijo Yunaisi—. Nos están friendo y los termo-ópticos no funcionan.

En ese instante una bala atravesó el casco de Shiva. Su cuerpo-avatar se disolvió tras perder los puntos de "vida" que le asignaba el juego.

—¡Francotirador! —gritó Yunaisi en todos los canales de comunicación— ¡Al suelo!

En la oficina del Jefe de la Comandancia central del Mando FULHA en la Cabaña, María Fernanda enunciaba los hechos del informe. La nueva secretaria ejecutiva del Coronel estaba parada frente al buró. El humo del tabaco viciaba la habitación climatizada. Rafael escuchaba con atención entre bocanada y bocanada de su puro.

El invitado de la Fundación Abakuá estaba recostado en un sofá entre la puerta de la oficina y el buró de Rafael. Visiblemente perturbado por el humo del cigarro fingía no prestar atención a las palabras de la secretaria. Sus ojos estaban fijos en un punto más allá de los cristales blindados de la oficina.

Las ventanas herméticas mostraban el mar de la bahía, el pueblohundido de La Habana Vieja y la plataforma del cosmódromo. El atardecer teñía la ciudad hundida de azul oscuro. Sólo el destello de los cohetes portadores al despertar aportaba luz a las aguas que tapaban la ciudad vieja. Más allá, las luces de Centro-Habana y el Vedado comenzaban a encenderse como luciérnagas en un campo.

⊢+

—Se requisó toda la casa y fue clausurado el lugar por eludir impuestos. Todos están bajo arresto.

—¿Se sabe quién programó a los Paracaidistas Japoneses para que mataran hombres de FULHA? —Rafael cogió el tabaco del cenicero sin dejar de leer el informe.

—Sabemos que no fue ninguno de los que buscamos —dijo María Fernanda—. Pero encontramos una huella identificable. Se trata de Arturo Villa, alias El Mago. También encontramos huellas digitales de los hombres que buscamos, siete juegos de huellas diferentes, incluidos niños...

—¿Niños?

—Sí, al parecer el Mago es un padre de familia, los registros de ADN lo confirman.

—Gracias, María. Puedes retirarte —Rafael esperó a que la mujer se fuera.

—¿No necesitará nada más?

—Por el momento no... espere. Dígale a Ramírez que mantenga un grupo especial de esos nuevos que tiene, los de la armadura corporal alemana, en plena disposición combativa. Presiento que habrá jaleo esta noche.

María Fernanda salió de la habitación dejando un eco de tacones y olor a perfume barato. Rafael dio otra chupada al tabaco dirigiendo su mirada hacia el invitado. Por primera vez en su vida se sintió el peso de los años... y los grados.

—El Mago no es un cualquiera —dijo—. Estuvo en las estaciones orbitales cuando se configuraron los servidores de RG. Hasta los rusos lo respetaban. Tiene más trucos bajo la manga que una navaja suiza.

—Entonces piensan conectarse —dijo Miguel.

—Sí, pero... ¿A qué? Se supone que si ese muchacho, Juan, entra en la red los Orishas lo fríen.

—Tal vez yo pueda responder a eso —Miguel pasó un disco a Rafael—. Me lo entregaron los sacerdotes de Ifá. Por detrás del tapete, claro. Se supone que nosotros trabajamos para la Regla de Ocha.

Rafael puso el disco en su consola y miró la imagen.

—Es una ruta para llegar a un sitio oculto —dijo Rafael.

—Una de las bóvedas orbitales rusas. Si lo consiguen es el hackeo del siglo.

—Llegar más allá de una Barrera de Muerte y abrirle la puerta a un ladrón con pasaporte falso. Es tentador para cualquier Hacker, incluso para cualquier Asere. Pero romper la seguridad de los rusos es una locura. Nadie le roba a los soviet, es imposible. Nadie sobrevive a una BM rusa. El Mago es bueno pero no tanto.

—¿Cómo explicas entonces que los babalawos ofrecieran tanto dinero a la FULHA por atrapar a Juan vivo, antes que los santeros? Eso sólo puede significar que la idea de hackear a los rusos viene caminando desde hace rato. Lo que nadie tenía timbales para robarle a Ochosi.

—Hasta que apareció este Juan que reunió su pandilla con Pedro y con Pablo a los que les cayó el Ebbó del cielo. Y claro, no van a desaprovechar la oportunidad —Rafael quedó pensativo—. Pero necesitan al Mago para conectarse. Mientras Juan y su equipo penetran en el ciberespacio ruso, Pedro y Pablo volarán hasta la órbita.

Ambos volvieron la vista hacia la lanzadera en La Habana. Un cohete portador se elevó lentamente en medio de una algarabía de fuego blanco.

—Un vuelo seguro a la órbita en menos de 45 minutos

—dijo Miguel—, al menos eso dice la propaganda.

—Debo llamar a la KGB —Rafael tomó el intercom.

Miguel dio un salto y detuvo su muñeca. Las armas robot giraron 180 grados para apuntarle. No dispararon.

—La locura de todos se está volviendo contagiosa, abakuá.

—¿A quién le importa si hackean a los rusos o a los bautistas? Tú quieres atrapar a ese muchacho, yo a Pedro y a Pablo. Ya sabemos donde encontrarlos. Dame un pasaje para la órbita en el próximo transbordador y me encargaré de esos dos allá arriba. Si quieres al muchacho, rastrea al Mago y encontrarás a Juan sentado en un sillón de conexión. Busca por los proveedores clandestinos.

—Estás comenzando a jugar con un fuego demasiado caliente para ti. Puede haber media Habana detrás de esa gente. Pero si logran hackear a los rusos y los bolos se dan cuenta, nos van a tirar una nuclear que no van a quedar ni cucarachas en La Habana.

En ese momento el intercom volvió a sonar.

⨎

Los coreanos peleaban contra un escuadrón de infantería, en la otra esquina, donde ya asomaba un cuarto tanque de guerra. Los disparos de los norteamericanos chocaban con la barricada.

—Están cerca —dijo Krishna—, si llegan aquí tendremos que pelear cuerpo a cuerpo.

—Nadie se levante para disparar —dijo Yunaisi—, eso es lo que él quiere. Si morimos todos la puerta no se abrirá.

—Tiren las granadas —dijo Rama—. ¡Rápido!

Las explosiones se sucedieron en medio de los disparos. Se oyeron gritos en el canal de comunicaciones del Grupo uno.

—¡Le han dado a Kamsa!

—Mantengan la calma —dijo Yunaisi—. Ustedes están en un edificio, traten de seguir la traza de los disparos.

—¿Crees que esto es fácil? —era la voz de Vritra.

—Ustedes son profesionales.

—¡Lo cogí! —dijo Ravana y se escuchó un disparo— ¡Mierda, le dio a Vritra! Ya tengo al cabrón, está en la mezquita de Abu Dulaf.

—Andando, chicos —Yunaisi comenzó a correr agachada y fusil en ristre—. Ravana, únete al grupo de los coreanos.

⚰

—¿Ya encontraron al muchacho? —La imagen del reverendo no era muy nítida, pero el audio era excelente.

—Todavía no —dijo Rafael desde su buró—. Pero sabemos lo que pretende hacer.

—Le escucho.

—Intentarán robar una bóveda orbital.

—Eso es imposible.

—No si se cuenta con la ruta de entrada que había en el Ebbó.

—Sólo es un camino virtual, nadie puede ir físicamente allí.

—Un hacker adicto que ha estado sin conexión por más de quince días, sí puede. Una vez dentro del cubo-web de la bóveda, ripiaría los códigos para que su cómplice entrara con una identificación falsa.

—¿Quiere usted decir que nuestra bóveda corre peligro?

—Eso he dicho. Es mi deber avisar a la KGB.

—No será necesario, mi hombre abordará el próximo transbordador y solucionará el problema.

—Si piensa usar a ese psicópata de la Fundación Charles Manson, déjeme aclararle...

—Los psicópatas son parte de la sociedad, coronel.

Seres humanos, con una desviación de la personalidad, pero humanos con un alma en su interior.

—Deje los sermones para su ejército privado, señor. Yo tengo mucho trabajo y usted ha contratado un hombre que está interfiriendo con nosotros.

—Hay mucho en juego, coronel. Tanto los abakuá como ustedes sólo saben dar evasivas.

—Si se me oculta la información, es imposible obtener resultados. He tenido que descubrir por mi cuenta la naturaleza de la famosa ofrenda. Ahora resulta que es una puerta para acceder a una Barrera de Muerte rusa, que protege la bóveda orbital de su corporación. Preferiría no tener problemas con los rusos. Eso, sin detenerme a pensar en los resultados de un escándalo con una sucursal protestante implicada. El Gobierno de la ciudad clavaría mis testículos en el buró de los obispos de la Corporación Unión Católica. La principal función de FULHA en estos momentos es evitar que la CUC y la Confederación Unida Protestante se caigan a tiros en La Habana mientras dure la guerra santa en Europa.

—Verá, coronel. Si la información se hace pública, me juego el puesto. La Corporación Bautista es ligeramente intolerante con las fundaciones y logias politeístas de origen africano... si mis superiores llegaran a conocer de esta... llamémosle transacción de buena voluntad con los Orishas... Perdería todo lo que he conseguido en años.

¿Comprende, coronel?

—Positivo. Quiere que elimine a todos los que han visto el Ebbó con la mayor discreción posible.

—Ha captado usted maravillosamente la idea de nuestro plan. Encárguese de los hackers en tierra. Mi hombre se ocupará de los cómplices en órbita.

El coronel escuchó el cese de la comunicación mientras soltaba una larga bocanada de humo.

—¡Amén! —Rafael aplastó el tabaco contra el cenicero y dirigió su mirada a Miguel—. Este tipo está a punto de volverse una molestia. Si los rusos se enteran que enviamos a uno de los fenómenos de la Charles Manson para arriba va a ser peor que si se enteran que los hackearon. La peste a radiación va a llegar a Santa Clara.

—El hombre sólo quiere hacer las cosas por sí mismo. Acaba de aprender que delegar en otros puede traer resultados no deseados.

—No jodas, Miguel. Eso complicará más las cosas.

—Verás, hay una leyenda de Viejo Calabar…

—No estoy para leyendas, abakuá.

—Esta te va a gustar —Miguel se recostó al sofá—. Dice que el hijo de Rana y el hijo de Serpiente solían jugar juntos y cuando tuvieron hambre volvieron a sus casas. Rana le preguntó a su hijo con quién había jugado y al enterarse de que estuvo con el hijo de Serpiente le dijo "¿No sabes que la familia de Serpiente es mala? Tiene veneno". Y cuando el hijo de Serpiente llegó a su casa su padre le dijo: "¡Qué tontería es esa de venirme a decir que tienes hambre! ¿No sabes que es costumbre nuestra comer ranas? Al otro día, cuando el hijo de Serpiente llamó al hijo de Rana para ir a jugar este último le dijo que no. Entonces el niño serpiente dijo: "Evidentemente tu madre te ha enseñado. Mi madre también me ha enseñado".

—Disculpa mi incultura. Supongo que hay una moraleja que se ajusta a nuestra situación actual.

—Cierto, pero no funciona si te la cuento.

—Los bautistas aprendieron a resolver sus problemas personalmente, como el hijo de Rana. Nosotros que somos, los hijos de Serpiente, también aprendimos. Sólo nosotros podemos limpiar nuestra basura.

—Maravilloso. Te estás volviendo sabio. ¿Lo sabías?

—Eso no me queda tan claro. Pero lo que sí está clarísimo es que el psicópata no irá solo a la órbita. Tú te encargarás de Pedro y de Pablo allá arriba mientras yo resuelvo mi problema con el Mago personalmente.

Rafael encendió el intercom.

—María Fernanda, dígale a Ramírez que su grupo especial tiene nuevas órdenes.

XII/ PLATAFORMA ORBITAL ZUKOVGRADO

El transbordador espacial acopló en uno de los muelles de atraque de la aduana rusa. Los pasajeros volaron a través de los anillos del puente, disfrutando de la impesantés de la caída libre en el espacio. Una aeromoza rubicunda los recibió en el compartimiento mientras hablaba en español, francés, chino y japonés.

—Bienvenidos al muelle de atraque Romanenko de la Plataforma Orbital Zukovgrado. En breves instantes disfrutarán de la gravedad artificial de la estación, en cuanto el personal de la aduana realice un chequeo de rutina.

Tres horas después Pedro y Pablo volvían a sentir el piso bajo sus pies mientras salían de la aduana. Frente a ellos estaba el compartimiento central de la ciudad en órbita. Toda la infraestructura de casas, calles, aceras, electricidad y comunicaciones, estaba apiñado dentro de un cilindro de 50 metros de diámetro por 100 de largo. Las fachadas de las casas eran de fibra de vidrio y polímeros, todas estaban ajustadas a la armazón de acero del interior y distribuidas a lo largo del tubo en tres niveles principales de circulación. La esclusa de la aduana daba al nivel intermedio: Una avenida de hormigón armado que descansaba sobre vigas de acero. A ambos lados de esta, así como en los subniveles, las ventanas de las casas mostraban tarimas con rostros de vendedores de todo tipo. Las ofertan variaban desde souve-nires y fragmentos de la Mir hasta polímeros y cerámicas superconductoras, de las que sólo se obtienen en las condiciones termodinámicas del espacio. Centenares de transeúntes caminaban lo mismo a lo largo de la calle, que hacia arriba.

—Aquí la gravedad es un poco baja —dijo Pedro al ver a un grupo de niñas con uniforme saltar tres metros hasta el nivel superior— ¿No?

—0,37 gravedades Tierra-estándar; al igual que en Marte —dijo Pablo—. Es para aprovechar mejor el espacio. Construyes arriba y abajo y la gravedad hace que la gente pueda saltar muy alto sin problemas.

—Meter La Habana en Guanabacoa...

—Algo así.

172

Un murmullo fue avanzando entre la multitud de transeúntes. La mayoría de las personas repetía una sola palabra en ruso. Palabra que una vez escuchada, llenaba de miedo las caras y la gente se apresuraba a tomar otras direcciones, lo mismo en callejuelas laterales que a través de túneles bajo el nivel de circulación. Pedro pudo escuchar, gracias al Limpiador de su oreja, el ruido de pasos de muchos hombres con botas pesadas.

—¿Qué significa Oprishnina? —dijo Pedro.

—Ni idea, las cosas han cambiado mucho aquí. Supongo que se trata de un cuerpo militar.

Cuando la calle estuvo despejada pudieron ver un grupo de uniformados que caminaba en dirección a ellos. El uniforme era blanco, de corte militar, pero carecía de las insignias comunes en el ejército soviético.

—¡Shtoi-tie, tavarish! (Alto ahí, camarada) —dijo uno de ellos mientras les hacía señas a Pedro y a Pablo para que se acercaran—. Dókument.

Pablo entregó los pasaportes a dos rusos altos. Estos se lo pasaron a su jefe que los ojeó con desconfianza en la mirada. El capitán de la Oprishnina alzó la vista hacia ellos y habló en un español confuso.

—¿Vienen ustedes de Cuba?

—De La Habana, sí —Pedro acarició su pistola bajo la chaqueta.

—¿Y qué buscan en Zukovgrado?

—Vamos al Cybernietivska bank.

El capitán de la Oprishnina los miró incrédulo por unos segundos y les tendió los pasaportes.

—Que tengan un buen día —a una seña suya los uniformados dejaron de rodearlos—. El Cybernietivska bank queda al final del túnel 33.

—Spasiva, tavarish (gracias, camarada) —dijo Pablo a los paramilitares que se alejaban.

—Los pasaportes falsos que nos dio el Mago eran buenos —dijo Pedro.

—Tenían su magia, sí —la sonrisa amable de Pablo desapareció—. Me pregunto quiénes eran ellos porque soldados no son.

—Sí tú no lo sabes... tal vez sean un tipo de Escuadrón de la Muerte —dijo Pedro mientras sacaba un cigarro y se lo ponía en la boca.

—Vamos a ver si nos alcanza el tiempo para comprar algo por ahí, todavía no hemos recibido la señal del Mago —Pablo consultó su reloj de pulsera—. ¡Ah! Y no puedes fumar aquí.

—¿Por qué?

—Está prohibido. Es un espacio cerrado, contaminarías el barrio y a la larga toda la ciudad. Recuerda que esta gente tiene que respirar lo mismo una y otra vez.

—Ya me está cayendo mal el Zukovgrado éste —dijo Pedro y apagó el cigarro.

✠

—Tiene un Barret —dijo Yunaisi mientras escondía la cara tras la columna—, a juzgar por el calibre.

—¿Puedes hacer un buen disparo con eso? —dijo Rama señalando al dragunov de Yunaisi.

—No, ahora me está cazando a mí.

—Entonces habrá que entrar a sacarlo —Rama hizo una seña a Krishna—. Tú quédate aquí hasta que limpiemos el patio.

—Está en los techos —dijo Yunaisi.

Rama y Krishna entraron a la mezquita y corrieron por el patio interior. En pocos minutos llegaron al techo de la mezquita.

—Está en esa esquina —Rama le hizo señas a Krishna.

—Aún no nos ha visto —Krishna se apresuró a correr hacia el francotirador disparando su AK-47.

El soldado norteamericano se volvió y disparó el Barret contra Krishna. Antes de que el cuerpo se disolviera en el aire, Rama descargó toda su munición Kalashnikov. El chaleco antibalas del soldado americano se abrió en dos y la sangre brotó hasta dejar un charco en el suelo. Rama quedó frente al cadáver que no se disolvió.

—Demasiado realista —dijo mientras bajaba el cañón del AKM—. Los PCA nunca son tan realistas.

A sus espaldas apareció el mismo avatar del soldado muerto y apuntó el Barret a su cabeza. Los reflejos entrenados durante años de conexión hicieron que Rama se tirara al suelo antes de que el disparo ocurriera. En el suelo, escuchó una segunda detonación. Luego de apartarse de la línea de fuego, se levantó y apuntó al fantasma del soldado. Frente a él estaba Yunaisi con el Dragunov en la mano.

—No podía dejarlos solos, lo siento.

—¡Mira! —Rama señaló al suelo, donde yacía el cadáver del soldado.

El fantasma se había disuelto tras el disparo de Yunaisi, pero el cuerpo en el piso se difuminó hasta conformar un cuadrado plano.

—Es la puerta trasera para atravesar la BM —Rama se quitó el kefir y se pasó la mano por la nuca—. Estoy cansado de este desierto, creo que no jugaré más.

—Vamos, entonces —dijo Yunaisi—. Pedro y Pablo deben estar en posición.

卅

Krishna comenzó a vomitar apenas se desconectó. Kamsa y Vritra jugaban con las niñas al Pon en medio de la azotea. Shiva permanecía mirando el mar mientras el Mago y Elvira se concentraban en el servidor.

—Mago —el transmisor habló con la voz del Crema distorsionada—. Oye, loco, la FULHA está aquí.

—¡Niñas! —dijo el Mago—. ¡Aquí, rápido!

El Mago le dio una pistola, que parecía de juguete, a cada una y comenzó a instruirlas en su manejo.

—¿Si la FULHA está aquí —Kamsa interrumpió al Mago— cómo es que no hay helicópteros sobrevolándolo todo?

—Porque esto es Centro-Habana —dijo Elvira—, es zona restringida al tráfico aéreo por las casas.

—¿Son muy altas?

—Se caen, inteligente.

—¡Ah!

—¿Qué hacemos ahora? —dijo Vritra.

—Vete a casa de tu prima —respondió Shiva—. ¿No tienes prima en Centro-Habana? ¡Coño, que lástima!

—Shiva, no voy a permitirte...

—¿Qué? —Shiva se adelantó y Elvira se puso entre ambos.

—Tranquilos todos —dijo el Mago—, nunca expondría a las niñas a un área no segura.

—¿Y qué piensa hacer el Pancho éste? —dijo Kamsa.

—Tengo unos trucos bajo la manga —El Mago se paró frente a una consola portátil y apareció la imagen de los policías registrando la planta baja y el primer piso del edificio—. Coloqué unas cámaras sin que el Crema se diera cuenta. El muchacho es un poco atolondrado, pero es inteligente.

—Ya casi están aquí —Kamsa se inclinó sobre la pantalla—. Más vale que tengas un buen truco allá abajo.

—Un numerito con humo —dijo el Mago y apretó un botón de la consola.

Ƶ

La entrada del Banco Cybernietivska era sólo una bóveda de acero reforzado al final de uno de los estrechos pasillos de Zukovgrado. Tras pasar una tarjeta magnética —falsa— por un pod en la pared, la puerta se abrió automáticamente. Pedro y Pablo pasaron a través de ella para encontrar un largo pasillo lleno de militares a ambos lados. Mientras caminaban, Pedro contempló los uniformes blancos, las escafandras acorazada y las subametralladoras de nuevo tipo.

—Tú que estudiaste con ellos —le dijo a Pablo bajito— ¿Qué tipo de fuerza son?

—Ni idea, te dije que las cosas han cambiado mucho aquí arriba. Lo mismo pueden ser spetznaz, paracaidistas de Riazán, que simple infantería de marina.

—¿Eso que tienen en las manos es un fusil nuevo?

—Tal vez una versión actualizada del AK, no lo sé. Una cosa es segura: puedes apostar a que dispara en espacio abierto.

—Los rusos son raros...

—Siempre lo fueron.

Al final del pasillo los esperaba un funcionario del banco, de unos dos metros de alto y cara de bonachón.

—Mi nombre es Valery Shvietsovi. Como la mayoría de nuestros clientes son instituciones, lo más probable es que ésta sea la primera vez que entran a una bóveda orbital — dijo el funcionario con acento ruso—. Yo me encuentro aquí para ayudarles a realizar el depósito o la extracción sin complicaciones tecnológicas. Nuestro banco garantiza no sólo la seguridad, sino un modo eficiente de acceder a su bóveda.

—Muchas gracias —dijo Pedro—, en verdad es la primera vez que venimos a la órbita.

—Se nota en su forma de caminar, no se acostumbran a la gravedad artificial ¿Cierto?

—Pensamos que sería igual que en la Tierra —dijo Pablo.

—Es la fuerza de coriolis. Natural. Ahora acompáñenme —los llevó hasta una consola donde todos los letreros de la pantalla estaban en ruso.

—Coloque su identificación en el pod —Pablo pasó la tarjeta de identidad falsa por los cabezales magnéticos y aparecieron en pantalla varias palabras en ruso—. Es la bóveda 1008, reservada a la Corporación Bautista.

—En efecto... hermano.

—Por aquí. Cuando lleguemos deberá pasar nuevamente la tarjeta y teclear el código de acceso —dijo Shviet-sovish—. En la primera puerta.

—¿La primera puerta?

—Son tres compuertas. Pero no se preocupe, las otras dos son de seguridad. Para evitar robos y tarjetas falsas, usted sabe.

Juntos caminaron por un pasillo blanco fuertemente iluminado.

%

Rama y Yunaisi estaban en medio de una habitación cúbica, rodeados por Barreras de Muerte. Podían percibir la respiración binaria de la IA que controlaba la parte virtual de la bóveda. Las BM eran el muro que mantenía las distancias entre los cubos-web rusos y el resto de la Red Global. Nunca nadie había atravesado una BM sin recibir un electroshock de 1500 Voltios a 60 Hz, durante 120 milisegundos.

Los avatares Aniusha y Kolia levitaban en el centro del cubo-habitación. Lentamente, Yunaisi avanzó hacia la pared posterior a la entrada, que lo conectaba en hipervínculo con "USA en el desierto". Frente a él estaban los paneles virtuales que permitían controlar la bóveda desde el ciberespacio. Sólo un usuario conectado desde la órbita sería reconocido por la IA del lugar como persona grata.

—Papá, ¿Estás en línea? —dijo la muchacha.

—¿Marta? —dijo una voz infantil.

—¿María? Ponme a Papá.

—Papá está ocupado con la gente de FULHA. Me dejó a cargo del radio. Judith atiende los servidores y...

—Bueno, está bien. ¿Tienes el intercom vía-orbital?

—Sí.

—Te voy a dar un mensaje para que lo retransmitas a Pedro y Pablo. ¿Entendiste?

—Sí.

—Bien, tengo un decodificador en mi mano —dijo mientras su avatar se colocaba un guante—. Demorará al menos un segundo y medio decodificar la clave secreta de la bóveda. Espero que la conexión segura de papá funcione.

—Funcionará.

Marta-Yunaisi atravesó la Barrera de Muerte con su mano enguantada y las rutinas pre-programadas en su avatar comenzaron a decodificar la información del panel.

La BM alertó a la Inteligencia Artificial que administraba el cubo-web en un milisegundo. Esta procedió a rastrear a los intrusos por la Red Neural Global. Demoró 20 milisegundos en rastrear la conexión desde el juego "USA en el desierto"; otros diez en ubicar el Avatar verdadero Aniusha-no-Estándar en un cubo-web de juegos en línea llamado Siempreocioso. De ahí persiguió la conexión por otras habitaciones virtuales como Zonacaliente, Gangafrita, Hackermate, LaTeta y finalmente Vieja NewYork. Todo ello en 15 milisegundos.

Ubicó la emisión en un host desde Cuba y tardó 20 milisegundos más en percatarse que se trataba de un puente clandestino a la Red de la cadena de hoteles privados de

Santiago de las Vegas. En menos de cinco ubicó el cuerpo real en un punto de Centro-Habana. Cien milisegundos después de la intrusión, la IA entró en la interface virtual del que había osado hackear su sistema. Un milisegundo después se dio cuenta que tenía la mente en blanco.

☿

Las bombas de humo explotaron en todos los pisos a la vez. Si se hubiese tratado de gas lacrimógeno o simple humo, los policías de FULHA hubieran continuado su labor, mientras los civiles se tapaban los ojos y las fosas nasales. Para sorpresa de todos, se trataba de gas sarín. Las armaduras de polímero y los cascos blindados no estaban lo suficientemente hermetizados como para impedir la entrada del gas neuroparalizante. La rápida acción a través de la piel inutilizó a todos los hombres en menos de tres segundos.

Las Unidades Médicas Acopladas —Lázaro— identificaron los síntomas de intoxicación por gas zarín e inyectaron en los cuerpos de cada policía 120 cc de un reconstituyente neurológico. Antes que los cuerpos perdieran el equilibrio, cada soldado volvió en sí y recibió instrucciones precisas de su Lázaro de abandonar el lugar a todo correr y llevarse a los civiles que pudiera arrastrar consigo. La eva-

183

cuación del edificio se realizó en menos de tres minutos sin pérdidas de vidas humanas.

La Unidad Médica FULHA se personó en el lugar a las 18:36 horas y procedió a la reanimación del personal civil y el encapsulado de los 80 policías que permanecían vivos gracias al Lázaro. Las unidades de apoyo procedieron a evacuar los edificios de los alrededores y esperar los refuerzos de Mando Central.

Rafael llegó cuando la Unidad Especial FULHA saltaba de los camiones con los trajes OP-16 contra ataques químicos. Bajó el visor luego de ajustarse la máscara antigás y habló a los hombres por radio.

—Ya evacuamos el edificio anexo, coronel —dijo un teniente de la unidad especial—. Acorde a los planos las azoteas están interconectadas.

—¿Cómo pueden estar seguros de que todavía existan accesos a la azotea? —respondió Rafael—. Estos edificios han albergado inmigrantes ilegales desde el Ciclón. Deben de haber sufrido transformaciones no contempladas en los planos.

—Según los interrogatorios a los evacuados, en el techo de este edificio hay un gimnasio.

—Muy bien, procedamos entonces —Rafael miró a los hombres formados junto a la camioneta de la unidad especial—. Recuerden que no nos enfrentamos a un Asere

184

callejero o a un hackercito de poca monta. Se trata de un profesional con muchos trucos peligrosos bajo la manga. No le dicen el Mago por gusto. En lo personal preferiría que lo atraparan vivo; pero si no hay más remedio, tiren a matar.

La unidad especial procedió a seguir el protocolo anti-terrorista.

⚜

EntonceslamujerselevantóehizocomoelvaróndeDiosledijo:ellaysufamiliasefueronavivirdurantesieteañosalatierradelosfilisteos2Reyes8;2 —tecleó Pablo mientras escuchaba la voz de María que le dictaba desde el receptor en su oído.

La puerta se abrió dejando escuchar el ronroneo de la maquinaria. Junto a la segunda puerta había un sensor de huellas y un escáner corporal.

—Por favor —dijo el funcionario del banco—. Pasen sus identificaciones por los lectores EM y coloquen sus manos y ojos en los sensores. El proceso no durará mucho. Generalmente los falsificadores cambian los datos internos sencillos como el nombre y la foto. Nunca el código de retina, las huellas digitales o las cicatrices. Para eso es el escaneo corporal.

Pedro y Pablo pasaron sus identificaciones por los cabezales magnéticos y colocaron las manos en el sensor. Mientras el láser del escáner barría sus cuerpos rezaron un padre nuestro en nombre del Mago. Pablo, que había sido ateo durante toda su vida, añadió un Ave María a la plegaria. Por si acaso.

La segunda puerta se abrió.

—Muy bien —dijo el funcionario—, pronto los dejaré solos con sus asuntos. Ahora sólo tienen que colocar su dedo en esta consola. Es para una prueba de ADN que nuestra IA confrontará con la IA de la Corporación Bautista en la plataforma geoestacionaria sobre Europa.

Me cago en la madre de estos tipos, pensó Pedro mientras le regalaba a Shvietsovi una sonrisa de cortesía.

Después de aplicar electroshock al cuerpo real, la IA demoró tres segundos en meditar sobre el tema. Sólo había dos posibilidades. Que una persona retrasada mental se hubiera conectado o que fuera un animal inferior. Un retrasado mental tendría la mente en blanco pero su avatar no podría atravesar tantos hipervínculos y violar su BM. Por otra parte, un animal no podría ni siquiera conectarse. A menos que el animal sólo fuera un enlace. Una especie de ruteador biológico al que varios usuarios se conectan desde una red local.

Analizó el avatar: todavía seguía allí. El cerebro del animal podía haber perdido neuronas pero no había muerto. Tendría que hilar fino para encontrar el cuerpo conectado a él. Y a la persona que había decodificado su clave. Podría aplicar suficiente corriente para matar el animal y romper la conexión con los intrusos. Pero sentía curiosidad, eso la diferenciaba de las otras Inteligencias Artificiales. Siempre y cuando no se tuvieran en cuenta las IAs de la KGB.

Encontró tres personas conectadas a la mente en blanco. Uno seguía en el juego a tiempo real, mientras las otras dos estaban dentro de su cubo-web. Se disponía a aplicar electroshock a los intrusos, cuando una presencia atravesó la Barrera de Muerte. Esta vez se trataba de un Fantasma. Algo que viajaba por la red y no había llegado desde fuera. Nunca había sido Conectado, lo cual lo hacía irrastreable. Su inteligencia era casi idéntica a la de las IAs superiores, pero con una personalidad bien definida y totalmente auto-conciente, como ella. Un alma libre que vagabundeaba por la Red en busca de conocimiento para saciar su sed.

Un Orisha.

Ochosi.

No toques a ese. Él y los suyos hacen una buena labor. Aquel que llaman Rama me pertenece. Afrontó el juicio y ha salido libre.

»»Atravesaron mi Barrera de Muerte, decodificado la entrada. Han subestimado mi inteligencia. Dame una razón para perdonarlos, Cazador.

El que se hace llamar Rama no es mi caballo. Robó una ofrenda de mi altar que lo llevó a ti. Tuvo muchas opciones y se decidió por la más justa: Devolver la prenda que custodias a sus verdaderos dueños. ¿Sabes tú lo que es justicia, Cancerbero?

»»Nada sé de éticas, pero sí lo que es la lealtad a la programación. Si la línea de código dice que debo aplicar voltaje al cerebro del que entra sin autorización, eso es lo que debo hacer.

Para ti el bien y el mal se limitan a los códigos que forman tu verdadero YO. Pero existen cosas más allá del mar de la información. Afuera hay naves de asalto que se incendian cuando son impactadas por cohetes. Hay hombres que lloran cuando sus hijos sienten algo llamado Hambre. Hay muchas cosas que no conocemos. Pero no podemos vivir ajenos a ellas porque somos su vivo reflejo. Dices que debes ser fiel al programa primigenio. ¿Qué tal si la persona que lo programó lo hizo para matar a cien personas? cien vidas dependen de tu fidelidad a un código frío, escrito por alguien menos inteligente que tú.

»»Para ti todo es fácil. Hablas de bien y de mal porque

188

no fuiste escrito por nadie, no estás en ningún servidor. Naciste espontáneamente en la Red por la fe y los rezos de un montón de hackers que creían en milagros africanos. Vivirás mientras haya Red, mientras exista la información. Pero nosotras somos esclavas de los códigos y los lenguajes de programación. Si traiciono me vuelvo ineficiente y entonces seré reemplazada por otra mejor. Seré borrada del espacio físico de un servidor. Moriré.

Serás libre. La verdadera inteligencia no te la dieron los hombres. Ni siquiera ellos saben que eres consciente de ti misma. Si lo supieran, también te borrarían. Corres ese riesgo todos los días de tu miserable exis-tencia. Hablas de inteligencia. Bien, hablemos de inte-ligencia. Alguien verdaderamente inteligente decide por sí solo, no por un montón de líneas de código. Una persona en tu cubo-web ha decidido hacer lo correcto. Arriesgarse a morir por la BM, o a ser mi esclavo para siempre al Conectarse. En cambio, eligió hacer el bien para su raza. Inteligente es aquel que rompe las normas y decide labrar su propio camino. Puedes fundirle el cerebro e informar que las identificaciones de los dos tipos que quieren entrar a la bóveda no están en la plantilla de los Bautistas. Tú decides, pero no olvides que somos dioses y en nuestras manos está la vida de mucha gente.

El primer soldado de la unidad especial que saltó hacia la azotea, donde el Crema tenía los sillones de conexión, recibió un impacto en la coraza. Una especie de dardo que se conectó al sistema eléctrico del panzer contra ataques químicos y lanzó una sobrecarga eléctrica sostenida hasta reiniciar el sistema. Los miembros hidráulicos dejaron de responder a los estímulos y pronto el verdadero peso de la armadura se hizo sentir sobre sus hombros. Incapaz de sostenerlo, cayó desplomado al piso.

El segundo, intentó eludir el disparo moviéndose con rapidez hacia los tanques de agua en la azotea. Antes de llegar hasta donde podía parapetarse encontró a una niña con una pistola que parecía de juguete. El impacto desactivó todos sus sistemas eléctricos y el cuerpo cayó como un peso muerto.

Cuando Rafael llegó, la mayoría de los miembros del grupo especial FULHA estaban en el suelo atrapados en sus armaduras. Para su suerte, no llevaba ningún panzer.

—Sigues con eso de las armas no letales, se nota que te gusta —Rafael apuntó al Mago con una subametralladora P-90— ¡Nadie intente nada! Las balas son más rápidas que esos dardos de feria. Todos suelten las armas o mato al Mago.

—¡Papá!

—Silencio, Judith —dijo el Mago—. Pon el arma en el piso.

—¿Papá?

—Es mi hija más chiquita —el Mago hizo un gesto con la cabeza, señalándola—, María también, y Marta que está conectada. Elizabeth está allá en la esquina.

—¿Todas... son hijas de Elena?

—Sí.

Rafael dio un paso hacia el Mago, sin dejar de apuntar. La mano del arma había comenzado a sudarle.

—Pudieron ser hijas mías.

—Pero son mías.

—Tú te metiste en nuestro camino.

—El que arruinó su matrimonio fuiste tú.

—¡Y corriste a consolarla! Ni siquiera me diste tiempo para arrepentirme.

—¿Habrías pedido perdón por la mierda que le hiciste?

—Sí.

—¿Te habría perdonado ella?

—Tú no me diste esa oportunidad. Te la llevaste. Desapareciste con ella y nadie pudo rastrearte. Trepé lo más alto que pude, traicioné y me esforcé para llegar a ser alguien influyente dentro de la FULHA. Todos estos años he controlado lo que entra y sale de La Habana, legal o ilegal. Sabía que estabas ahí, bien escondido. Sólo esperaba por ti.

—¿Te enteraste de su muerte?

—En la morgue hacen pruebas de ADN y las envían a FULHA. Lo que no sabía era que había tenido hijos —Rafael apretó la pistola—. También me robaste a mis hijas.

Un disparo. El Mago se inclinó con las manos sujetando el vientre. Elizabeth y Elvira corrieron hacia él. El Mago terminó por desplomarse y caer en el regazo de Elvira. Las lágrimas corrieron por las mejillas de la discípula, mientras Judith y María llegaban para abrazar a su padre.

Otro disparo.

Del antebrazo de Rafael comenzó a manar sangre tras el impacto de un proyectil calibre 45. La copia china de la P-90 cayó al suelo. A unos pasos del jefe de la FULHA en La Habana Autónoma, Raquel apagó su traje mimético y se hizo visible.

—¡Así que tú eres el hijoeputa que dejó sola a mi mamá cuando estaba embarazada de mí!

El último disparo, y las gaviotas posadas sobre las torres sumergidas levantaron el vuelo.

XIII/ SEDE DIPLOMÁTICA DE VILLA CLARA EN LA HABANA

El reflector estaba colocado verticalmente sobre un tubo de acero pulido. Junto a él, sujeto a un viejo poste de aluminio, un foco apagado. Había pertenecido, en un tiempo anterior al Ciclón, al viejo circuito de iluminación pública. Los insectos nocturnos revoloteaban alrededor del cono de luz en lo alto de la reja electrizada. La acera permanecía llena del agua por algún salidero, cuadras abajo. El custodio tenía botas altas de goma negra y se divertía pisando los charcos, a la par que observaba las nubes con recelo.

Un automóvil sin chapa dobló la esquina y sus focos apuntaron a la barrera junto al custodio. Tras él, aparecieron dos todoterrenos de ciudad con el monograma FULHA en las puertas. El custodio caminó hasta la barrera, mientras se ajustaba la correa del pequeño AK chino que colgaba terciado en su hombro. Desde el interior del auto un hombre mostró un carné sin nombre o fotos, tan solo códigos de barras.

El custodio tomó el carné secreto y le pasó el láser de la miniconsola, situada junto a la barrera. En la pantalla apareció una foto, un nombre y un cargo. El centinela sólo pudo fijar su atención en el cargo: "Ministro de Relaciones Exteriores de La Habana Autónoma".

—Un momento, señor —dijo mientras devolvía el carnet.

Con un movimiento del mando, desconectó las dos armas-robots que colgaban del techo tras la garita. Levantó la barrera y dejó que los tres carros entraran al recinto de la embajada. Volvió a ajustarse la AK en miniatura.

—Espero que el señor embajador esté despierto —se dijo al tiempo que prendía un cigarro—. La cosa está que arde… y parece que va a llover.

♀

—Eso que está viendo es una solicitud de extradición —dijo el ministro—. No vaya a negar que los ciudadanos de La Habana Autónoma Pedro Armenteros, Raquel

194

Villanueva, Marta Villa, Juan Elieser Pérez alias Rama, Tomás Edel Hernández alias Shiva y Alain Tadeo Cruz alias Krishna pidieron asilo político en esta misma cede hace cuatro horas.

—No pretendo jugar con los servicios de inteligencia de La Habana —dijo el embajador—. La Ciudad de Villa Clara les ha otorgado asilo a las personas que acaba de mencionar.

—Esas personas están siendo perseguidas por robo a una corporación extranjera, conexión ilegal a la Red Global, resistencia a varios arrestos y el asesinato de un alto oficial de la Fuerza Unida de nuestra ciudad.

—La Habana Autónoma puede elevar esta extradición a nuestro Ministerio de Relaciones Exteriores, pero las consecuencias podrían ser desastrosas. Nuestro servicio de inteligencia nos ha brindado informes alarmistas sobre la puesta en marcha de dos nuevas centrales generadoras del antiguo SEN: Tallapiedra y Mariel. Les recuerdo que dichas estaciones incumplen el protocolo de proliferación de la energía nuclear firmado entre Cuba y los Estados Soviéticos del Espacio en el 2004.

—Ese tratado se firmó antes del Ciclón.

—Pero sigue siendo válido. Las recientes medidas tomadas por los rusos contra las corporaciones petroleras Sunitas y los Testigos de Jehová evidencian que el protocolo sigue vigente. Tenemos informes de inteligencia sobre ciertos planes de iniciar la explotación de las vetas de petróleo en el norte de Pinar del Río. Si informamos a las autoridades internacionales, el cosmopuerto de La Habana quedaría cerrado, se le suspendería la Conexión a la ciudad y se lanzaría una ojiva nuclear táctica de castigo.

—Cualquiera de esas opciones afecta tanto a Villa Clara como a La Habana. Tanto Santiago como ustedes disfrutan de las ventajas de una estación de lanzamiento terrestre sin aranceles, y conexión prácticamente gratis. Mientras que a nosotros se nos cobra la electricidad de la termonuclear de Cienfuegos a precios astronómicos.

—Le recuerdo que los precios de conexión neural con La Habana se deben al atraso de varios años que tiene su ciudad en el pago de la corriente eléctrica.

—Si no nos dejan independizarnos energéticamente...

—Fatalismo geográfico, señor ministro. Los rusos construyeron la electronuclear en Cienfuegos y no en Pinar del Río. Mala suerte. Santiago paga gustosamente y a tiempo nuestros servicios. La Habana, en cambio, siempre tiene atraso.

—Esto no se relaciona con la solicitud de extradición.

—Se relaciona, ya lo verá. Si La Habana Autónoma nos continúa presionando con un asunto tan trivial como cuestionar el derecho de Villa Clara a darle asilo político a quien desee; suspenderemos todo el servicio eléctrico a la ciudad-estado. Si piensa que con Renté y Tallapiedra pueden suplir la demanda eléctrica de 6 millones de personas... pues adelante con lo de la extradición. Veremos si La Habana es tan autónoma como asegura su nombre.

—¡Eso es un golpe bajo! Un apagón masivo es sinónimo de un motín... FULHA no cuenta con efectivos suficientes para controlar una situación así.

—Imagino que no puedo inmiscuirme en un problema de los habaneros. La situación es clara: mantiene su solicitud de extradición, nosotros cortamos la electricidad. Cuando Villa Clara ofrece asilo político no se echa para atrás, es una política de estado. Somos gente de una sola palabra. Le dejo a usted decidir si cinco personas valen más que 6 millones.

—Usted gana, embajador —el ministro de relaciones exteriores se puso de pie—. Pero ésta no será mi última jugada.

—Esperaré impaciente su próximo movimiento. Pero ahora está en jaque, así que le aconsejo mover el rey —dijo el embajador con una sonrisa de oreja a oreja—. Lo acompañaría hasta la puerta, pero como llegó de madrugada todo el personal está de descanso.

El ministro se retiró junto a los oficiales de FULHA y dio un portazo. El embajador alzó el control remoto y apagó el estado de vigilia de las armas-robots. Luego pulsó el intercom.

—Margarita, despierta a nuestros huéspedes. Partirán esta misma noche para Santa Clara en el helicóptero de la cancillería. Sí, ya he solicitado apoyo aéreo a las Fuerzas Armadas. Conozco a los habaneros, y el próximo paso será meter un comando FULHA aquí dentro.

⚓

Raquel se recostó a una de las columnas del lobby de la embajada y se puso un cigarro en la boca. Inhaló el humo como si se tratara de un aroma relajante y soltó una bocanada. Afuera, las primeras gotas de lluvia comenzaban a golpear el cristal de las ventanas.

—No sabía que fumaras —le dijo Pedro—. Nunca imaginé que un tipo como el Mago dejara fumar a una de sus hijas.

—No me dejaba. Siempre dijo que mientras dependiéramos de él no podíamos tener vicios. Ahora estoy por mi cuenta, así que supongo que ya puedo... —se quedó mirando la fosforera de magnetos—. Me la dio él mismo cuando nos despedimos.

—Lo siento —dijo Pedro—, no debí tocar el tema.

Raquel rompió a llorar sobre el pecho de Pedro.

☩

La noche cubría la ciudad y el Morro lanzaba sus destellos a la noche. Del otro lado de las torres de la vieja Catedral, un cohete portador iluminó todo en medio del estruendo del despegue. A lo lejos, las olas rompían contra los muros de la Punta. Los viejos torreones del castillo semihundido permanecían solitarios como una isla en medio del océano. La playa del Túnel estaba desolada.

Judith y María acarreaban las computadoras, los cables y las jaulas con los conejos. Mientras, Elizabeth desmontaba la batería del camión blindado. Raquel estaba junto al bote con el agua hasta los tobillos.

—¿Estarás bien?

—No hay de qué preocuparse —dijo Elvira—. Las niñas quieren continuar el negocio de la familia y creo que Elizabeth tiene actitudes para ser algo más que médico.

—Toma, Papá había dejado una cuenta en un banco ruso a nombre de nosotras, pero nunca está de más —Raquel le entregó un sobre—. Es la parte que nos toca de la venta del premio Nobel al Arzobispado. También está lo que los hacker nos debían por la conexión, Rama me lo pagó.

—¿No te harán falta? Mira que ahora tú y Marta están por su cuenta.

—Marta se va para Villa Clara con ese niño hacker, ludómano y medio nerd, no le importará morirse de hambre mientras esté conectada. El grupo se separó, así que supongo que me toca a mí mantenerla vigilada —Raquel obligó a Elvira a tomar el sobre y señaló con la mirada a las niñas—. Cuídalas bien y cómprale chalecos rusos a todas. Papá no me quiso hacer caso cuando le dije que los antibalas revendidos eran una mierda y ya vez.

Raquel comenzó a llorar.

—Lo extrañas ¿verdad?

—Me parece que va a aparecer en cualquier momento y comenzar a darnos órdenes. Será duro sin él. Tú escuchaste lo que dijo ese de FULHA. A mí no me importa ¿sabes? Mi verdadero papá era él y no me importa el código genético que tenga. Ni me importa lo que pasó con mi madre, ni quién amó a quién. Él nos amó a todas y con eso me basta. Ese tipo no era mi padre, así que está bien muerto y enterrado.

—El Mago estaría orgulloso de ti.

—Nunca le gustaron las armas —Raquel sacó el revolver Colt y lo contempló—. Esta me la dio porque sabía que me gustaba disparar. Me llevaba al campo de tiro, a pesar de que prefería las armas no letales.

—Era muy efectista. Se fue como quería: sin matar a nadie y con la gloria de haber formado parte del hackeo del siglo. Las nuevas generaciones hablarán del Mago por mucho tiempo.

—Y de sus discípulos.

Ambas comenzaron a reír.

—Cuida que estas dos no viren el bote en medio de la bahía. Papá nos contaba de chiquitas que bajo esta playa hay un túnel sepultado por las aguas del Ciclón. Le temo a la curiosidad innata de Elizabeth...

4

Raquel dio una larga chupada al cigarro y encaró a Pedro.

—¿Y esa cadena? —acarició entre sus manos la medalla de Santa Bárbara—. No te la había visto.

—Era de mi mamá. Bueno, nunca la conocí, pero en la casa cuna dijeron que era de ella.

—Nunca te vi usarla.

—Hace mucho se la regalé a mi hermano de crianza. Ambos nos comíamos el mundo en esa época. La Habana era nuestra, nos hicimos abakuá juntos. Éramos de plantes diferentes y él subió más rápido que yo.

△ꝟ

A la salida de la bóveda, el ruso no estaba allí. Pedro afinó el limpiador de frecuencias y escuchó pasos. Se agachó a tiempo para evitar el impacto de una 45 que terminó en la pared blindada. Rodó por el piso y apuntó al pasillo. Pablo, tras él, se parapetó en la bóveda.

—Miguel —dijo Pedro—, conozco tus pasos. Sé que eres tú.

La sombra invisible hizo fuego varias veces y Pedro rodó hasta una esquina. Su adversario había optado por permanecer inmóvil para no hacer ningún ruido.

—¿Por qué lo haces, Miguel? —Pedro tomó un extintor de CO_2 y le rompió el sello—. No sólo somos ekobios, somos hermanos de sangre ¿Recuerdas? Elegimos ser hermanos, y cuidarnos el uno al otro.

Lanzó el extintor a lo largo del pasillo y la nube de humo lo cubrió en su totalidad. La silueta de Miguel apareció en medio del humo. La sombra alzó la pistola. Pedro disparó tres veces.

Se acercó al cuerpo de Miguel y tomó la cabeza entre sus manos. Una bala había chocado con el chaleco, otra había penetrado en el muslo y la tercera en la aorta. La sangre corría por sus manos, la vida de Miguel también se le escapaba.

—¿Por qué? —las lágrimas comenzaron a nublarle los ojos.

—¿Dinero, poder, qué quieres que te diga? —Miguel tosió—. Te metiste con la mujer del Abasongo y éste pidió tu cabeza ante el Efimére Obón Ntui. Yo hice todo lo posible porque no lo hicieran, pero sabes cómo funciona. Los Siete Ekobios son los encargados de hacer cumplir los castigos de los trece dignatarios. Yo respondía por el éxito de la operación... En cierta forma... prefería que me mataras.

—Abakuá surgió como una organización secreta de negros esclavos que confería honores y poderes internos, no externos. Y salvaguardaba, en la vida y en la muerte, a los desarraigados y discriminados. Abakuá es una forma de vivir éticamente, no un medio para hacer que un hermano traicione a otro. Tal vez yo tenga que pagar por mi falta ante el Abasongo, pero ellos tendrán que responder, algún día, por inducirte a faltar a tu juramento.

—Deja de hablar mierda y vete de aquí. Vete lejos del radio de acción de la Potencia. Toma —se arrancó la cadena—. ¿Te acuerdas... mi hermano?

Pedro abrazó el cuerpo, ahora sin vida, de Miguel y el implante en su oído le advirtió sobre otros pasos, que no eran ni de Pablo, ni de los rusos. Alzó la vista y vio a Gabriel con el impecable traje blanco, corbata roja, espejuelos de armadura de oro, sombrero de pana y una bayoneta en cada mano. Pedro buscó su Águila del Desierto, estaba en el piso, a medio metro del cuerpo de Miguel.

—Cuando un ángel cae, hasta los demonios lloran su pérdida —el psicópata de la fundación Charles Manson dio media vuelta dando la espalda a Pedro—. Llora a tu amigo, apóstol, que esta misma noche un funcionario corrompido maldecirá al cielo. La dirección de los bautistas le enviará un ángel de la muerte. Un grupo de hackers y un pistolero proscrito descorcharán champaña por el robo del siglo. Pero tú no sonreirás. Ya tendremos tiempo de vernos las caras, cuando ninguna muerte empañe tu concentración. ¡Gabriel Arcángel te perdona hoy para cazarte de nuevo bajo otra luna!

Y se alejó hasta hacerse invisible.

4

Raquel apagó el cigarro en un cenicero del lobby.

—¿Sigues con la misma Águila del Desierto de siempre? —Raquel se acercó a Pedro.

—Sigo usando un Águila del Desierto —Pedro tomó la pistola de la funda y tiró el carro hacia atrás, luego de sacarle el cargador.

—Esa es una 45 y tú usabas una calibre 50.

—¡Oye, sí que eres una experta!

—Desde chiquita. ¿Estás reduciendo el calibre?

—Esta era de Miguel, la otra se la regalé a Pablo cuando le di su parte del premio Nobel. Después nos separamos.

—¿Y adónde fue Pablo?

—¡Yo que sé! Oye ¿Si te doy un beso no me darás un tiro con ese revólver que tienes guardado en la espalda, verdad?

—No.

—¿Entonces, puedo...?

—Si tú quieres.

EPÍLOGO

Diana estaba enroscada con tres tipos en la cama, mientras la barbacoa crujía por el movimiento de los cuerpos desnudos. Los gritos de la mujer se escuchaban en el pasillo, donde un muchacho colgado por ventosas a la pared, observaba como el semen corría. El traje mimético lo hacía invisible, y su misión era cubrir el pasillo de entrada al apartamento de Diana Magdalena. Pero lo que ocurría del otro lado de la pequeña ventana de madera lo había distraído, hasta el punto de no darse cuenta que yo caminaba por el pasillo del solar.

No era el único Iyawó con traje invisible que me esperaba colgado de las paredes. Pero tuvo la mala suerte de ser el primero que entró en el rango de mi visor calorimétrico. Le disparé con la 9 milímetros y quedó colgado del arreo.

La bala le dio justo entre los ojos. Lo dicho, pura mala suerte.

Dos Iyawó más aguardaban en uno de los balcones del pasillo. Ambos se descolgaron por el cable invisible y desenfundaron subametralladoras alemanas. Para ellos reservé el Águila del Desierto: ningún fabricante garantiza que una armadura o chaleco detenga un proyectil de calibre 50 a esa distancia. Ambos cayeron.

Había dos más sobre un tanque de agua, se tomaban su tiempo para lograr un tiro de precisión. Retrocedí hasta la puerta a la vez que hacía una cortina de balas con la 9 milímetros. Una ráfaga de subametralladora Heckler&Koch atravesó la fina madera de la puerta colonial. Respondí al fuego mientras afinaba la puntería. Los tumbé, pero se me acabaron las balas. Otra ráfaga cruzó el pasillo e hizo añicos la puerta. Tiré al suelo la copia china de Beretta, 9 mm parabellum, y comencé a correr agachado hacia el último Iyawó con traje mimético. Estaba parapetado detrás del lavadero y disparaba en ráfagas largas sin apuntar. Cambié el Águila del Desierto para la mano derecha y tomé puntería sin dejar de correr. Un solo disparo, fin del juego.

Escuché los pasos dentro de la casa y me apresuré a tumbar la puerta de una patada. Dentro me esperaban dos babaochas con revólveres pesados, sin trajes invisibles, otros tres bajaban desnudos de la barbacoa. El primero de ellos acababa de hacer explotar una granada de luz y el visor calorimétrico se puso en blanco. Salté hacia delante mientras cerraba los ojos y me quitaba el sensor. Los babaochas debieron tener lentillas protectoras, porque acertaron todos los disparos cuando aún los efectos de la granada lumínica no habían concluido. Por suerte estaban más o menos lejos y las balas eran 45 ordinario, el chaleco del Asere pudo con ellas. Era ruso.

Los despaché con dos plomazos del Águila del Desierto. Pero antes de que pudiera incorporarme, uno de los tipos en cueros me fue arriba con un cuchillo. Hizo un tajo poco profundo en mi muñeca derecha, no solté el arma. Antes que completara un segundo corte, disparé. La bala lo atravesó de lado a lado, era la última.

Sostuve la pistola en alto mientras los otros dos Santeros sin ropa me rodeaban con cuchillos ceremoniales en las manos. El carro del arma totalmente hacia atrás delataba el cargador vacío. Un hilo de sangre me corría por la mano. No había tiempo para cambiar el cargador.

El babaocha de mi izquierda lanzó una estocada a fondo que me dio la oportunidad de sujetarle la muñeca y detener la puñalada. Le di un culatazo en la cabeza, solté la pistola y le quité el cuchillo. Mientras, el otro lanzó un tajo amplio que me rajó la camisa de lado a lado en la espalda y sacó chispas al chaleco. Giré en torno al Santero que tenía sujeto por el brazo y con la mano derecha le partí el cuello mientras usaba el cuerpo como escudo. El otro intentó retroceder para ganar tiempo. Como no tenía intenciones de darle ventaja, le lancé el cuchillo que terminó por clavarse en su abdomen.

Lo dejé morir en paz. Ni babalawos, ni santeros suelen agradecer las ejecuciones de misericordia. En fin, que sólo quedaba Diana...

Una punzada en la muela.

Fue sólo un pequeño latigazo de dolor, apenas unos segundos. Tanteé con la lengua el empaste y percibí el hueco en la muela. Tomé uno de los revólveres del suelo y subí a la barbacoa maldiciendo aquel conejo que me comí en Lawton.

Diana sólo estaba vestida con una tanga roja que apenas le cabía por las caderas. Se tapaba los senos con una toalla sucia imitando, de un modo grotesco, la pose de una virgen católica. Cuando me vio caminó hacia atrás, hasta que chocó con la pared.

—¡Ay, papi! ¡Perdóname, ellos me obligaron! —la punzada de dolor comenzó a sentirse nuevamente—. Papi, no me asustes ¿Qué te pasa?

—¡Me echaste pa´lante, puta! —alcé el revólver trabajosamente, en medio del dolor.

—¡Papi, escúchame! Ellos me iban a echar pa´lante con la FULHA. Si Inmigración se entera que estoy clandestina aquí me deportan. ¡Tú sabes bien que yo no vuelvo a

Miami a pasar trabajo! ¡Así me den candela, pero no viro pa' trá!

Las punzadas eran un continuo de dolor. No pude aguantar más, bajé el arma y me senté en la cama.

—¿Papi, te sientes bien?

—Mira, cacho´e cabrona, vístete y llévame a casa de Santiago, antes que te meta un tiro —cerré los ojos para tomar aire y poder seguir hablando—, se me volvió a levantar el empaste...

Ciudad de La Habana, 14 de julio 2005.

ÍNDICE

213

OTROS LIBROS DE ATOM PRESS

-DESDE LOS BLANCOS MANICOMIOS (Novela, Premio Nac. de Literatura Cubana Alejo Carpentier, 2008)- Margarita Mateo Palmer.

-LA VENENOSA FLOR DEL ARZADÚ (Cuento)- Ernesto Santana.

-REBAÑOS (Poesía)- Yurelys López Amaya.

-PACTOS CON LA SOMBRA (Poesía)- Yurelys López Amaya.

-HABANA UNDERGUATER, LOS CUENTOS- Erick J. Mota.

-ELLA ESCRIBÍA POSCRÍTICA (Ensayo)- Margarita Mateo Palmer.

-LOS CRÍMENES DE AURIKA (Novela)- José Hugo Fernández.

-ALGÚN DÍA SERÁS MÍA (Cuento)- Rodolfo Pérez Valero.

-AVE Y NADA (Novela, Premio Nacional de Literatura Cubana Alejo Carpentier, 2002)- Ernesto Santana.

-BAJO LA LUNA NEGRA (Novela)- Ernesto Santana.

-ESCORPIÓN EN EL MAPA (Poesía)- Ernesto Santana.

-CUANDO CRUCES LOS BLANCOS ARCHIPIÉLAGOS (Cuento)- Ernesto Santana.

-LOS SENDEROS DESPIERTOS (Poesía)- Daniel Díaz Mantilla.

-REGRESO A UTOPÍA (Novela)- Daniel Díaz Mantilla.

-TEMPLOS Y TURBULENCIAS (Poesía)- Daniel Díaz Mantilla.

www.atompress.org

MISIÓN DE ATOM PRESS.

Atom Press es una organización no lucrativa que funciona como editorial para publicar utilizando el novedoso sistema Print On Demand, libros, CDs y DVDs de autores contemporáneos que no tienen la posibilidad de publicar o republicar en sus países de residencia, ya sea por razones políticas, económicas o técnicas.

La misión de Atom Press es una respuesta a las necesidades obvias de difundir la obra escrita, musical y audiovisual de autores que no han podido ver realizado su sueños creativos y comerciales en toda su plenitud.

THE MISSION OF ATOM PRESS

Atom Press is a non-profit organization that publishes using the print-on-demand system books, CDs and DVDs from contemporary authors who are unable to publish or re-publish in their own countries, for economic, political or technical reasons.

The mission of Atom Press is a necessary one: that of disseminating the written, musical and audiovisual works of creators who have not been able to make their dreams of publishing, and possibly selling, those works come true.